お隣の天使様にいつの間にか
駄目人間にされていた件
Vol.4
佐伯さん
イラスト はねこと
JN131594

「……遠慮なく駄目にしてさしあげますので、
安心して駄目になってくださいね？」

「おかしいところはありませんか？」

「かわいいひと」
視界で亜麻色の絹糸が翻り、
熱を帯びたままの頬に
ほんのりと柔らかいものが
掠めたような感覚がした。

目次

椎名真昼

周のマンションの隣人。
学校一の美少女で、天使様と呼ばれている。
周の生活を見かねて食事の世話をするようになる。

藤宮周

進学して一人暮らしを始めた高校生。
家事全般が苦手で自堕落な生活を送る。
自己評価が低く卑下しがちだが心根は優しい性格。

お隣の天使様にいつの間にか駄目人間にされていた件４

佐伯さん

GA文庫

カバー・口絵・本文イラスト
はねこと

第1話　天使様の考え

『お付き合いはしていませんけど、私にとって……彼は一番大切な人ですよ』

クラスメイトという衆目の中真昼が告げた言葉に、周はその日その発言の真意を考える事に思考能力が割かれて授業もままならなかった。

大切な、に込められた感情はどのようなものなのか、周には分からなかった。友情なのか、親愛なのか、それとも——異性として、なのか。

考えれば考えるほど、胸の内で不安と焦燥感と、僅かな期待がぐるりと渦巻く。

名状しがたい感情を抱えて一日を過ごした周に樹は笑っていたが、茶化してはこなかった。

樹が何も言わないので、周の思考だけでは真昼の考えを導き出せそうにもない。

どういう意味で告げたのか、と本人に聞きたくても学校では聞けないもどかしさを感じながら一日を過ごした後、帰宅して恐る恐る問いかければ、真昼はきょとんとした顔を浮かべた。

「嘘はついていないですよ」

夕食の準備があるからとエプロンを身に着けながらどこかあっけらかんとした響きで淀みなく告げる真昼は、周が視線をさまよわせたのを理解してか小さな笑みを浮かべる。

「私の交友範囲は狭いですから。適度な人付き合いはしていますが、明確に親しいと呼べる人は周くんに千歳さん、赤澤さんくらいしか居ませんよ。もちろん全員大切ですけど、その中で一番親しくて一番一緒に居て安らぐのはあなたでしょう」

「おっ、おう……」

真昼と親しいと言える人は本人が挙げた通りだとは分かっていたが、こうして面と向かって一番親しくて安らぐ人と言われるのは周にとっても予想外だった。

「一緒に過ごしてきたのは半年程度ではありますが、半年間私はとても濃密な時間を過ごしたと思っています。他人に深入りしない人生を歩んできた身としては、周くんが一番親しくて好ましいと思っていますよ」

気負う事なくさらりと告げられた言葉に呻きそうになるのを堪えつつ真昼の瞳を見れば、穏やかな光を灯して周を見つめている。

「私にとって、世界って小さいんですよ。好きな人は掌に収まるくらいにしかいない、小さな箱庭に住んでいるのです。……周くんは、その中で一番近しくて大切な人。私を、私でいいと言ってくれた人」

「真昼……」

「ですので、その辺り周くんはもう少し自信を持ってくださいな」

本心だとありありと伝えてくる柔和な表情に、思わず頬が熱を帯びるのだが、真昼は気づいた様子がない。

わざとではないからこそこんなにも胸を掻きむしりたくなるような羞恥と、じわじわと滲んでくる喜びが周を震わすのだろう。

「そもそも、私があなたを一番に信頼しているのくらい分かっているでしょうに。他に誰か大切な人が居ると思ったんですか？」

「そういう訳じゃない、けど。……ああいう言い方をすると、周りに勘違いされるのは分かってただろ」

「私としては、意図してした事ですよ」

揺るがない笑みにまじまじと真昼を見つめる周に、真昼は余裕すら見える態度で笑みを濃くする。

「だって、あのままはぐらかしたところでしつこく詮索されるし変に邪推されるのは分かりきっていたじゃないですか」

「それはそうだけど」

「それなら適度に情報を流しておく方が噂も管理しやすいのですよ。あらぬ方向に勘違いされるくらいなら、自分である程度指向性を持たせた方がいいので」

「……左様で」

真昼なりに考えがあっての宣言だったのは分かったが、何も知らされず言及された周からしてみれば非常に心臓に悪い時間だった。

結局あの発言の後更に騒ぎになったのだが、本人が穏やかに天使の微笑みを浮かべるだけだったので、恐らく今頃誰なのか真昼に恋する男子達は悩んでいるだろう。

「とにかく、そういうの先に言ってくれないと、俺も勘違いするから気を付けてくれ」

「勘違い、ですか」

「……普通、ああいう言い方されたら、他の人と同じ考え方を当事者の俺でもするから」

好意自体は、それなりに抱いてもらっていると思っている。でなければ真昼はここまで油断はしないだろうし、こんなにも信頼の瞳でこちらを見てこない。

しかしながら、それがどのようなものなのか、測りかねていた。

周が真昼に向ける好意と同じ物なのか、そして熱量なのか。

自分が抱くものは、そうやすやすと口に出せないものだ。

燃え爆ぜるような熱情でも、胸張り裂ける程の激情でもない。けれど、確かな熱を持った、柔らかい穏やかな灯火のようなもの。

真昼は、周が初めて自分の腕の中で慈しみ愛おしみ心から大切にしたいと思った相手なのだ。

こんな感情を、普段はただ仲の良い男女の友人として接している相手に、覚悟もなしにぶつけてしまう訳にはいかない。

周が持つ好意と同じような類のを真昼が持っているのか、なんて分かりはしない。だからこそ、勘違いしないように自分に言い聞かせているのだ。

「真昼だって、たとえば俺がああいうタイミングで真昼を大切な人って言ったら、思うところはあるだろ？」

「周くんはそもそも他人に公言をしないと思いますけど」

「それはそうだけど」

「それとも、公言してくれますか？」

「後々針の筵に座る気持ちになる事が分かってるんだけど」

確実にその針という視線に刺されて胃が痛くなる事は分かる。それどころか視線で射殺されるレベルだろう。

分かりきっているのに覚悟もなく死地に身を晒すつもりはないので手を振ると、真昼からくすりと小さな笑みがこぼれた。

ただ、それはおかしいとか微笑ましいとかそういったものではなく、どこか呆れとも諦めとも取れるものが見え隠れしていた。

「ですよね、周くんは冒険しないタイプですからね」

「……なんか呆れられてる気がする」

「気のせいです」

気のせいという割には諦念のようなものが見えるのだが、それを周に説明する気はないようだ。

まったく、と言わんばかりに深い吐息を落とした真昼は、そのままキッチンに向かう。

「……あのさ」

「何ですか」

「もし俺が公言したとして、真昼にも影響があると思うけど、それは許容してるのか」

「愚問ですね。そんなの当たり前でしょう、覚悟もないのに軽々しく周くんに聞いたりしませんよ」

本当にさらりと言うものだから周の方が言葉を失うのだが、真昼はこちらを一切見ずエプロンの裾を翻しながら調理器具の用意をしている。

「私と周くんでは立ち位置が違いますから、受ける視線や感情は別物だとも分かっていますし、周くんが言わないのも理解しています。周くんに傷付いてほしくないとも思いますから」

「……それは」

「人気があるというのも困りものですね。人付き合いも監視されて口出しされるんですから」

やれやれ、と分かりやすく辟易したように呟いた真昼は、そこでくるりと振り返る。

「でも、ここでは二人ですので、誰も口出ししてきません。今のところは、それで満足しておきます」

艶（つや）っぽく笑む真昼に、周はこれ以上何も言えずにただ美しい微笑みを見つめる事しか出来なかった。

第2話 天使様の危ない発言

真昼(まひる)の衝撃発言から一夜明けたが、クラスは相変わらず天使様の大切な人について興奮が冷めやらぬ状況だった。

今まで性別問わず等しく接しており男の気配一つ感じさせなかった天使様が口にした大切な人という言葉は、相当に興味を引くようだ。

ただ、真昼は自分で語った事以上は何を聞かれても徹底して答えなかったし、一番の友人である千歳(ちとせ)も知らないと返しているのでその正体は依然知れぬままである。

その例の男である周(あまね)からすれば助かる事ではあるのだが、同時にいつ露見してしまうのかと肝(きも)を冷やしていた。

「まあ、顔をよーく見られたら分かると思うけど、遠目なら姿込みであんまり気付かれないと思うぞ?」

隣に並んで商品を物色している樹(いつき)が、周の心配を笑うように告げる。

あの発言のインパクトで頭から抜け落ちていたが、真昼に見合うように、好きになってもらえるように、もっと自分を磨こうという事でトレーニング用品を買うために樹、優太(ゆうた)と共にスポーツ用品店に来ていた。

　テスト前の部活停止期間という事で暇が出来ていたらしい現役陸上部エースに、ランニングシューズ選びに付き合ってもらう事になっている。

「いや、だってさ、普段地味めな髪型に淡々とした態度で冷たい感じだし表情もあんまり変えないだろ。お前、あの人と居る時、露骨に表情豊かだし眼差しが見るからに甘くて優しい感じだから、学校の周と中々に結びつかないと思う」

「藤宮って存外分かりやすくてびっくり」

「うるせえ」

　自分でも真昼への態度は他人よりも柔らかい自覚がある分、他人に指摘されるのは羞恥が湧く。

　交流をし始めたばかりの優太にすら見抜かれている事が、余計に気恥ずかしさを感じさせた。羞恥を逃がすように自然と眉が寄る周に、当の樹はへらりと軽やかな笑みをこちらに向ける。

「好きな子が出来たら変わるって予想は当たってたなあ」

「……うるせえ」

「はいはい照れ隠し照れ隠し。誠にういやつよのお」

「気味悪い事言うな」

「ちょっと引いた」

「何で優太までそっち側なんだよ。この流れならオレにつけよ」

「いやあ、流石にそれは……ねえ」

「オレ泣きそう」

ちっとも言葉通りに感じていなそうな樹は、しばらくにやにやと小突いたあと、肩を竦める。

「まあ、あの人も本当に色々な意味で苦労してるなあ。昨日のパフォーマンスも含めて、な」

「……パフォーマンスって。あれはどうせ邪推されるなら嘘を言わない範囲で自分である程度噂の方向性を決めさせたって話で」

「ああ、あの人はそう説明したのか。勿論それもあるだろうけど、男除け兼の他の女の子に敵対するつもりはないよってアピールも入ってると思うぞ。モテるとどうしても大なり小なり嫉妬は受けるもんだ。大切な人が居てその人以外眼中にないってほのめかしておけば、多少優太とかと居ても興味ないですよって言えるから」

「なるほど」

「あとはまあ、牽制っていうか」

「牽制？」

「……いや、何でもない。忘れてくれ。さておき、あの人が特別ってのは目に見えてるし、あの人もそれは感じてると思うぞ。押したら勝てるって、むしろ押し倒せ。多少の強引さも男には大事だぞ」

押し倒せ、という言葉に、ゴールデンウィークで起きたハプニングを思い出してしまい、周は目を逸らす。

（決して、わざとじゃなかった）

あれは不慮の事故で体勢を崩して覆い被さってしまっただけで、意図的にした事ではない。そもそも押し倒すなんて不埒な真似に及べば真昼が嫌がるのは分かりきっているのだ、自らする訳がない。

しかし、次に真昼の、何かの訪れを待つような、あの表情を見てしまったら――止まれるかどうか、分からない。

「……お、何かオレの知らないところでハプニングが？　ラッキースケベイベントが？」

思い出して緩やかに頬が熱を持ってしまう周に、樹は興味津々といった様子で手をわきわきとさせている。

「お前一回黙れ」

「樹サイテー」

「さっきからどっちの味方なんだよ⁉　優太だって進展は望ましいだろ！」

「そんなにやけた顔してる方に味方したくない。まあ、藤宮は奥手すぎると思うけど」

「俺にとってはどっちも敵に回ってるんだけど」

優太からもそういった評価を得ている事に複雑な気持ちではあるが、周自身でも男らしくないのは自覚しているのであまり反論は出来そうにない。

「まあまあ。背中押したいってだけだから。俺はあんまり親しくないから憶測混じりではあるんだけど、彼女は藤宮以外懐いてないと思うし心から信頼してるのも藤宮だけだと思うんだよね。だって、彼女滅茶苦茶警戒心高いと思うよ？　そんなあの人が藤宮にだけは眼差しが違うんだもん」

「……信頼されてるのも、人として好かれてるのも、知ってるけど。それでもさあ……」

「何でそんな後ろ向きかなあ。自信持ってよ、藤宮はいいやつだし目標があればたゆまぬ努力を出来る人だと思う。ほらほら、そんなに自信がないなら筋肉つけて立派になろうよ。筋肉は自信に繋がるよ。筋肉が付けば姿勢はよくなる、姿勢がよくなれば周りが明るく見えるし物理的に強くなったら自分に自信も持てるようになるだろう」

「やけに自信満々だな」

「本の受け売り」

自分の体験談かと思えば本の受け売りだと悪戯っぽく告げた優太は茶目っ気たっぷりに笑い、周の肩を叩く。

「まあ、藤宮は上背があるからもう少しがっしりした方がバランス取れて見栄えがいいってのはあるよ。せっかく生まれ持った物があるんだから磨かなきゃ損だよ」

「……頑張る」

「フィジカルは優太に、メンタルはオレに。完璧な布陣だ」

「お前に一抹の不安を感じる」

「失礼だな」

「冗談だよ。……ほどほどに頼りにしてる」

「素直じゃないなあ、このこの」

肘でうりうりと脇腹を小突いてくるので、周は敢えてその存在ごとスルーして隣で微笑んでいた優太に視線を移す。

既に周は試着してシューズを選んでいたし、他の必要なものも選んでいた。店に長居するのも邪魔であろうから、さっさと会計を済ませようと手にしていた商品を軽く持ち上げる。

「門脇、精算しに行こうか」

「そうだねー。俺も新しいランニングウェア買お」

「スルーとかひどくない？」

意図を理解したのかレジカウンターに向かう周と優太に樹が微妙に凹んだ声を背中に投げるので、二人は顔を見合わせて小さく笑った。

「……という訳で、ちょっと運動量増やすから家に居ない時間増えるかも」

帰宅して真昼の作った夕食を残さず平らげた後、周は真昼に今後家を空ける時間が増える事を告げた。

　トレーニングするのは自分自身とはいえ、一緒に過ごす時間が多く夕食作りを担当している真昼に何も言わないで始めれば迷惑をかけるだろう。

　いつものように食後ソファでゆったりと寛（くつろ）いでいた真昼は、周の言葉に僅（わず）かに驚いたようにカラメル色の瞳（ひとみ）を大きく見せていた。

「急ですね。運動によって献立内容を調整するようにしますけど……なんというかびっくりしました。運動はいい事ですけど、何かきっかけが？」

「……単純に、男としてもう少し磨きたいというか」

　流石に、真昼に認めてほしいからとか、隣に立つのに相応（ふさわ）しくなりたいからとか、好きになってもらいたいから、なんて正面切って伝えられる筈（はず）もなくぼかすのだが、真昼は鈴を転がすような澄んだ笑い声を上げる。

「あら、自堕落な生活を送ってた半年前の周くんからは考えられない台詞（せりふ）」

「こら、茶化（ちゃか）すな茶化すな。……勉強も、運動も、身嗜（みだしな）みを整える事も、やって損はないし」

「まあそうですけど……」

　めずらしい、と言わんばかりの眼差しにいたたまれなさを感じて自然と視線が泳ぐが、真昼は深く追及はしないらしい。

　呆（あき）れたようで、どこか微笑ましげとも取れる笑みを浮かべて、周の頬を指先でくすぐるようにつついた。

「……無理だけはしちゃ駄目ですよ？　周くん、頑張り屋さんですから。やると決めたらとことんやると思うので、コントロールが効かなくなる前に頼ってくださいね」

「そこは心配してない。トレーナーついてるし」

「門脇さんですね」

「鍛える専門の人間じゃないけど、初歩的な事から色々と教えてもらえるから」

「なら私は周くん専用の料理人ですね。ちゃんと栄養バランス考えて作りますよ」

体型をよくしようと運動量を増やせば当然食事も変える必要が出てくるであろうし、量も必要になってくる。

本気で体を作るなら瘦せ型の周の場合増量してから絞っていく事になるが、流石にそこまで綿密にやるとなると真昼の負担も大きくなるので、あくまで自分が出来る範囲で鍛えていくという事で落ち着いた。

現状ですら食事はおんぶに抱っこな状態なので、これ以上注文をつけるのは心苦しいのだが、真昼は嫌な顔一つせずに受け入れている。

「なんか色々とごめん」

「いえ、周くんが決めた事なら快くお手伝いしますし応援しますけど……まずはテストがある事忘れちゃ駄目ですからね？」

「忘れてないし毎日復習してるよ」

「いいこですね」

えらいえらい、と甘さを滲ませた柔らかい声と共に頭を撫でられては、周も振り払う気力は湧かない。

ただ、されるがままなのも複雑なのでほんのりと恨みがましげな視線を送ってしまう。

「……馬鹿にすんなよ。勉学も鍛錬も両立くらい出来る」

元々周は真面目な性質で授業は真剣に受けているので、授業だけで大半理解出来るタイプだ。家で予習復習を欠かさないお陰もあり、基本的には学生の本分で困る事はない。

その努力の比率を多少運動に傾けるだけで、元々やっていた勉強を疎かにするなんて真似はしないし、そもそも勉強もより真面目にやろうというつもりなのだ。どちらも中途半端な結果にするなんて事は避けるし、そんな覚悟で真昼の隣に居られるとは思わなかった。

「その分疲れちゃいそうですね。一回甘えておきますか？」

「あのなあ」

「ご所望とあらばいつでも甘やかしてあげますので」

ぽん、と自分の胸に手を当てて微笑む真昼に、先日のふくよかなそこに顔を埋めさせられた記憶を思い出して唇に自然と力が入る。

あれは周が凹んでいるように見えた真昼が慰めようと抱き締めただけだが、年頃の男には色々と厳しいものだった。

その時は精神的な余裕があまりなく、頼る事を優先して甘えてしまったので、感触を確かめる余裕もなかった。

今は違う。真昼があの時と同じ事をしたら、今度はしっかりとその肢体の感触を受け入れて味わってしまう。そんな自分が浅ましいと自覚しているからこそ、周としては遠慮したかった。

「……真昼は俺が望んだら何でもしそうで怖い」

「私に出来る事でしたら、まあ大体何でもしますね。もちろん、見返りはもらいますけど」

「むしろ見返りなしで何でもかんでもされる方が怖いよ」

「無償の愛とか奉仕的なものって実際は精神的な満足感という一応の対価がある事が多いですからね」

「ちなみに、真昼の求める見返りって？」

「……私も、お願い事、聞いてもらいます」

真昼の事なので金銭や物品を求めるというものではないだろうと思っていたが、思ったよりも可愛（かわい）らしく範囲の広い見返りを口にされてつい笑ってしまう。

「まあ俺に出来る事であれば。等価交換ってやつだな」

「私の方が欲張りですよ」

「どうだか」

「本当に。……周くんは、私の欲張りさを知らないからそういう事を言えるんですよ?」

「じゃあ試しに何か要求してみて」

そこまで言うのなら何か大きな要求をしてくるのだろう、とその真昼の大きな要求が気になって問うと、真昼は微妙に頰を強張らせた。

一体何を言うつもりなんだ、と綺麗なカラメル色の瞳を見つめると、視線があちらこちらに散歩し始めていた。

これは見栄を張ったけど特に要求がないパターンなのか、逆に本当に願いが大きくて口に出すのを躊躇う程の願いなのか、判断がつきかねる。

じいっと見つめれば、次第に頰が血色よくなっていく。

「お、おねがいは、その」

「うん」

「そ、そい……」

「そい?」

「……あ、周くんも頭撫でてください」

何かを言いかけて、結局慌てて誤魔化すようにやけくそ気味にねだる真昼に、ついつい苦笑が浮かぶ。

「そんなのでいいのか? 他に言おうとしてたのあったよな?」

「いいんですっ」

続きが気になったものの、これ以上つつくと機嫌を損ねそうなのでこのくらいにしておき、お望み通り手を伸ばした。

たまに頭を撫でたりはするが、真昼が自ら望むのは、珍しい。こんな事頼まれたら対価なしにするし、むしろ真昼が嫌でないなら自らやりたいくらいなのだが、ささやかな願いとして口にしてきたのだから、やはり可愛らしいと思ってしまう。

周に頭を好きに撫でさせる真昼は、分かりやすく頬を緩めていた。

「どこが欲張りなのか分からないんだけど」

「欲張りですよ。もっと触ってほしいって思いますから」

「触って、って」

思わず動きが固まりかけた周には気付かず、真昼は柔らかい顔のままどこかとろみを帯びた瞳で周を見上げる。

「私、周くんに触られるの、好きです。特別人肌が好きという訳ではないのですけど、周くんの手は心地良いなって思います」

「そっ、そ、うか」

聞きようによってはとんでもない事を真昼は口にしているのだが、本人はそのあたり意識していないのか相変わらずのゆるふわな表情でねだるように体ごと頭を近付けてきた。

　距離が縮まったせいか甘い匂いも先程よりはっきりと香り、否応なしに心臓が拍動のペースを早める。

（……俺を殺す気なんじゃないだろうか）

　好きな女の子から触ってほしい、なんて言われたら、普通の男子ならこれ幸いと下心満載で触れていくだろう。

　真昼が自分に対する信頼に基づいて甘えてきたりスキンシップを求めてきたりするのは分かっているが、それはそれとして健全な青少年的には強烈な誘惑になっている。

「周くんは無闇に触りませんが、する時は優しいし労ってくれるような触り方をしてくるでしょう？　すごく、落ち着くし心地良いです。周くんからいやしの波動的な何かが出ているかもしれません」

　真昼は、周が無体をするかもしれないなんて、露ほども思っていない。

「……俺は落ち着かないんだけど。真昼は女の子なんだから気軽に触っていい訳じゃない」

「私は構いませんけど」

「俺が構うの。男に触ってなんて言ってみろ、襲われるぞ」

　深いところで男とは思われていないのでは、という懸念を抱きつつ少し強めに注意すれば「……触ってくれますか？」なんて余裕のある笑みを向けられた。

　確実に警戒されていない発言にほんのりと男のプライドを刺激されて、つい真昼の頬をむにむにと摘んでしまう。

一応お望み通りに触ったには触ったのだが、真昼は不満げな顔も露わだ。

「外で言ったりしませんし、周くん以外に求めたりしません」

「余計駄目だばか」

そういう、無意識にでも煽るような事を言われて、口から言葉にならない感情の詰まった唸りが漏れてしまう。

自分にだけ許された行為、という事実に、理性が揺らいでいた。

理性の枷から飛び出しそうになる衝動に必死で待ったをかけている周は、何とか不埒な思いを追い出して真昼の両手を自分の両手で包む。

これくらいしか、自分が許せる触り方がなかった。

真昼は周の行動に長い睫毛を震わせながらぱちりと瞬きをすると、ほんのりと照れ臭そうに淡く穏やかな笑みを浮かべる。その表情には安堵と幸福感がしっかりと見えて、周まで気恥ずかしくなってしまう。

「……温かい、というか時期的には暑くなりますね」

「離すぞ」

「嫌です。……やっぱり、周くんの手は温かくて、大きくて、ごつごつして……私とは違うんですね」

「真昼は小さくて細くて頼りないから、触っていて不安になる」

「簡単に折れたりはしませんよ。それに、周くんは私に触れる時、いつも優しいですから。絶対に傷付けないようにしているの、すぐ分かりますもの」

「……女の子に乱暴に触ったりなんてしないよ」

ましてや生涯をかけて大切にしたいと思える程好きな女の子なのだ、手荒な真似など出来る筈がない。身も心も繊細な真昼を守り支えたいと思う事はあれど、壊したいなんてとても思えない。

そんな事はないと分かっていても少し力を込めれば折れてしまいそうで、ガラス細工に触れるように慎重に真昼の手の甲を撫でると、くすぐったそうにカラメル色の双眸が細まる。

「……だからこそ信頼してますし、触れる事を願うのですよ」

そう微笑んだ真昼が無性に愛おしくて、ついそのまま包み込んで自分のものにしてしまいたくなる衝動を内側に押さえつけながら、周も真昼と同じように微笑みを浮かべた。

第3話　夢の中の天使様と羞恥

「……好き」

明確に熱を帯びた声が、たった一言の言葉を紡ぐ。

小さいけれどよく通る声を口にした薄紅の唇は、艶かしい色を見せながら周に近付いてくる。

気付けばベッドに横たわり上半身だけ起こした状態だった周の足を押さえつけるように、腰を落として周を固まらせている。

不思議と重さは全く感じなかった。

ただ、柔らかな感触と甘い香りだけがダイレクトに伝わってくる。

しなだれかかるように体を預けてきた真昼は、恥じらいに目を伏せながら周の背中に手を回して体と体の隙間をなくしてしまう。見下ろせば、身に纏っていた白いワンピースの襟ぐりから普段日の目を浴びないまっさらな肌が見える。

深く刻まれた渓谷に視線を逸らそうとすれば、真昼は逃さないと言わんばかりに背中から周の首の裏に手を回して、顔を寄せた。

吐息が、唇をなぞる。

「……もっと、触って？」

そう囁いた真昼に、周は華奢な背中に手を回し、ゆっくりと唇を寄せて――。


「――ッ」

飛び起きると、そこは当たり前ではあるが周の部屋で、ベッドの上には自分一人。閉じたカーテンの隙間から部屋に朝日が差し込んでいた。

サイドテーブルにある時計を見ればまだ朝の五時過ぎ。

夏を間近に控えているためか日の出も早く活動を開始出来る時間ではあるが、起きる予定ではなかった時刻だ。

起きて夢だという事に気付いた周は、掌で顔を押さえながら自分の浅ましさに寝起き早々に凹んでいた。

（……最悪だ）

あんな夢を見るなんて、思ってもみなかった。

今までは真昼が夢に登場したとしても普段見かけるような態度で、決して、周の欲求を露骨に反映したものではなかった。

昨日のもっと触ってほしいなんて発言があったからこそこんな夢を見てしまったのだろうが、

それにしても自分に情けなさを感じる。夢とはいえ、真昼がしないような事を周の脳がさせてしまった。

　そういう感情や衝動を夢でも真昼に向けたくないのに向けてしまった事が、何より罪悪感を抱かせる。

　大切にしたいと願いつつ傷付けてしまう事を無意識にでも願ってしまっていた、と突きつけられて壁に頭を打ち付けたかった。

　自分の無意識の欲求に泣きたくなりつつ壁とぶつかり稽古をしようと思って体を動かそうとして、それから周はある事に気付いて、体を強張(こわば)らせた。

「……しにたい」

　とりあえず、頭をぶつける前に倦怠感(けんたいかん)と衝動の残滓(ざんし)を全(すべ)て水で流さないと、一日が始められそうになかった。

「ねえ周、何でそんな死んだ顔してるの」

　あの後自分の情けなさを振り払うために早朝ランニングに出て身体的にも精神的にも疲弊してしまった周に、授業中様子見していたらしい千歳(ちとせ)が休憩時間に声をかけてくる。

　そんなに顔が死んでいるのか、と側に居た樹(いつき)を見れば頷(うなず)かれる。

「あー、いや、……朝からちょっとランニングに」

「そりゃ疲れるって。普段進んで運動しない人が動けばグロッキーにもなるよー」

へらっと軽い笑みでバシバシと背中を叩いてくる千歳に、深く突っ込まれなかった事を安堵してしまう。

千歳に伝わる＝真昼にも伝わる、と思っていいので、なるべく千歳に知られる事は避けたい。そもそも、誰にも知られたくない。

「体調がよくないなら、学校終わったらすぐに家に帰って休んだ方がいいですよ。無理はしない方がいいですから」

あくまで千歳の付き添い、という立場で側に居た真昼が気遣わしげに声をかけてくる。

学校なので天使様モードではあるものの、心配は本物だ。家に帰ったら甘やかしてきそうな気がする。

しかしながらそれを受け入れる事は、今の周には出来ない。

罪悪感と夢の残滓が真昼と視線を合わせる事を許さない。そして、周も自分が許せなかった。

視線を合わさないように「心配ありがとう、平気だから大丈夫」と滲み出そうな感情を抑えて平坦に告げると、視界の隅で真昼が僅かに表情を強張らせていた。

こちらとしては真昼を正面から見ると気まずさと申し訳なさが顔に出てしまうので感情を出さないようにしたのだが、真昼からすれば急に素っ気なくなったように感じたかもしれない。

理由が説明出来ないのでどうしようもなく、口を噤む事でこの場を誤魔化す。

周囲からすれば周は陰寄りの気質で内向的、ついでに無愛想という事で知られているので、おかしな風には見えないだろう。

「……もしかして周、機嫌悪い？」

「いや機嫌は悪くないけど。疲れてるし、寝そうだから気を張ってるだけ。テスト前だし寝る訳にはいかないだろ」

「かーっ、真面目だねえ」

「お前はもっと真面目にしろ。ウチの学校はテスト厳しいんだから、遊んでないでちょっとは対策しとけ」

「そういうのは皆でやった方が楽しくかつ効率がいいと思うんだよねえ」

「そうか。なら椎名に教えてもらったらどうだ」

「それはそうだけどさあ……」

じ、と千歳に見つめられるが、周は視線を合わさず机から次の時間の教科書を取り出して並べる。

これ以上会話していると必然的に真昼と会話する事になるので、そっと吐息を落として我関せずといった風に教科書をめくった。

放課後はさっさと下校して夕食の買い出しを済ませて、家に帰る。

真昼はいつものように周の家にやってきて料理を作るのだが、見るからにしょげている。

何か周の空気の違いを感じているらしく、ちらちらとこちらを窺って眉を下げている。普段なら家ではもう少し親しくするのだが、今日は学校の距離感と大して変わらないので気にしているのだろう。

個人的に気まずいからなるべく意識の外に真昼を出しているだけなのだが、それを無視と捉えられてもおかしくない。

「怒ってますか……?」

目をろくに合わせないまま終わった食事後におずおずと声をかけてくる真昼に、周は自分の失策を悟りつつ顔を上げる。

真昼の瞳は、不安に揺らいでいた。

「怒ってないよ」

「そういう返しをする時は怒っている時です。今日一日様子がおかしかったですし、素っ気ないし……私が気付かない間に何かしてしまいましたか……?」

明らかに周が勝手に避けているのに真昼が申し訳なさそうにするので、自分の個人的な事情なんて考えていられない。

慌てて真昼の手を握って顔を覗き込む。

いつもより湿った瞳の真昼が、周を見つめた。

「ち、違うんだ。真昼が何かした訳じゃないんだ。こっちこそ傷付けてごめんな」

「じゃあ、何で……よそよそしいのですか」

「い、いやその、色々と事情があるというか」

理由を問われると、口籠らざるを得ない。

馬鹿正直に言えば女性の真昼にはドン引きされるのは分かりきっているし、仮に周が真昼の立場なら反応に困る上に今後どう接していいか悩む事になるだろう。

「もしかして私の事が嫌になったとか」

「それは絶対にない！　こ、個人的な事情というか……勝手に、色々と思う事があっただけで」

「……教えてくれないのですか？」

しゅん、としょげたように眉を下げて目を伏せる真昼の表情に、周は呻くしかない。

（どう説明すればいいのか）

嘘をつくのは嫌なので上手くマイルドに伝えようと思うが、どう角を取って濁して伝えればいいのか。

具合を間違えれば伝わらないし、逆に嫌悪感を抱かれる可能性もある。

「た、大した事じゃない、というか、な？」

「……私を無視する程なのに？」

「いや、それはその、だから何というか、自制をかけるためというか心を落ち着かせるためというか」

「私と居ては落ち着かないと」

「そういう訳じゃないけど。こ、困るというか」

「迷惑だったと」

「そういうんじゃない！　だから、何て言ったらいいんだ……」

男性なら分かってもらえるだろうが、女性に話しても理解してもらえるとは思えない。

しかし話さないと真昼は納得しそうにもない。自分に非がないけど避けられた、とあれば理由も聞きたくなるだろうから仕方なくはあるのだが、説明し難いとしか言えない。

周のあるか分からない名誉のためにも、出来うる限り柔らかく伝えたい。

「……その、真昼が、触ってほしいって言うから。だから、なんというか、よくない夢を」

「よくない？」

「……真昼が、色々と可愛くねだってくる夢を」

非常に考えて考えてぼかした結果が、この返答だった。

こういった事には初心な真昼はあまり分かっていなさそうな顔でぱちりと大きく瞳を瞬かせる。

「ほ、本当に、悪いと思ってるんだ。普段は決してそういう目で見ないようにしてるし、強引に触る事もしていない。今回のは、その、昨日の真昼が……あまりにも、可愛い事を言うから。

それで、気まずくて避けたというか。嫌いになったみたいな理由じゃなくて、俺が情けないからで……」

「……どういうねだり方をしたのですか？」

「新手の羞恥プレイか⁉」

真昼の表情的には引いていないようで安心したのだが、それ以上に危険な発言をされて頬が引きつった。

夢の内容はほぼ願望のようなものなので、それを伝えたら真昼をどう見ているかとか無意識にでもそういう風に思っているとバレてしまう。

「しゅうちぷれい……？　いえ、周くんが気まずくなるほどとかすごく積極的だったんだなって。色々と参考にしようと」

「しなくていい。そもそも何の参考になるんだ」

「……周くんをドキドキさせる時に？」

「心臓に悪い試みはやめてくれ」

何の意味があって周の心臓を虐めようとするのかが分からない。ただでさえ真昼は普段から意識の裏をついたような驚かせ方をしてくるので、余計なアイデアは与えたくないところである。

真昼は、懸念も不安もなくなったらしく、すっきりした表情だった。ほのかに頬が赤らんでいるのは、可愛いと口を滑らせたからかもしれない。

「嫌われた訳じゃないならいいですし、それが分かっただけよかったです」

何故か上機嫌そうに唇をたわませる真昼は、自分の情けなさやら恥ずかしさに唇を結ぶ周を満足そうに眺めた。

「周くんは割と、というか私の知る男性の中で一番純情な方ですね」

「うるせえ。真昼にそのまま返す」

「逆に慣れていた方がびっくりでしょう。殿方と交際した事ないですし、自ら関わろうと思った事はなかったですし。こんなに近いのは、周くんだけです」

「……お、俺だって、女の子とロクに関わった事ないし……」

情けない事を言ってる自覚はあるが、嘘はつけない。そもそも周が女性慣れしているなんて自称したら鼻で笑われるだろう。

「その割には女性の扱いがお上手なようで」

「俺が扱うとかおこがましいだろ。あくまでどう尊重して接するかって事だろ。そういうのは父さん母さんがよく言ってたし、されて嫌な事をしないようにして、したら喜んでもらえそうな事をするだけだろ。喜んでもらえたら俺も嬉しいし……普通そういうもんだろ」

「そういうところなんですよね。ずるいです」

「何がだよ」

「存在がずるです」

「俺を否定したいのか……」

「むしろ肯定してます。もっと自信持ってと全力で背中を押します。でもそれはそれとしてずるいです」

「……意味が分からないんだが?」

「今は分からなくて結構です」

前にも似たようなやり取りはした事があるが、今回は何がずるいのか分からない。

ただ、わざわざ答えを出さなくてもいいか、とも思っていた。

あんなに周の態度を気にしてしょげていた真昼が、不安なく楽しそうに笑っているのだ。ずるいならずるいのだろう。

「とりあえず、今日はいい事を聞きました」

「いい事?」

「周くんは異性との触れ合いは私が初めてだという事が」

とんでもない発言に思わず咳(せ)き込(こ)んだ周を、真昼は不思議そうに見上げる。

本人は何ら意図がなさそうで、思った事を言っただけなのだろう。それ故に衝撃も大きいのだが。

「おまっ、語弊(ごへい)が……語弊じゃないけど聞こえ方が怪しいから!　あと余計なお世話だからな⁉」

「何故そんなに慌てるのですか？　いいじゃないですか、私も初めての事ばかりです。これまでお互いに手探りで親しくなってきた、という事でしょう？」

「……その、それはそうだけど、さ」

今までの様子から考えれば当たり前ではあるのだが、本人が意図せず清い身だと言ってるのが無性に気恥ずかしい。そういう事を意識してはならないと思えば思うほど、余計に考えてしまう。

「……周くん？」

「何でもないので俺を見ないでください」

再び滲み出てしまう自分の浅ましさを見られたくなくて、ソファに座ったまま背を向ける。見られたくないし、真昼を見たくない。

「何故敬語」

「いいから」

「……じゃあ、見ません」

代わりに、と背中にもたれるようにして背中を合わせて座り直した真昼に振り返ろうとすれば、脇腹(わきばら)を突かれる。

顔は見えないが、きっといたずらっぽく笑っている事だろう。

「これなら『見てない』でしょう？」

「……仰る通りで」

「今日は周くんに避けられたので、我慢してください」

そう言われては逃げられないのだが、逃げるつもりもなかった。

じんわりと背中に伝わってくる温もりに胸の高鳴りと、どこか安らぎを覚えながら、周は自分の足を土台に頬杖をつく。

「……次からは、人前で初めてがどうたらとか言わないように。非常に反応に困る」

言われて気付いたらしく真昼は体を震わせて、振り返ったらしく周の服の背中を摑んできた。

「そ、そういう意味で言ったんじゃないですからね!?　いえ、事実を言えばそうですけど、私はそういう意図を持って言った訳ではっ！」

「わ、分かってるからそれ以上言うな」

真昼が誰かを近付けたのは初めてだと知っていたからこそ、改めて本人の口から聞いて気恥ずかしくなっていた。

よく考えなくとも、お互いに初めてをたくさん経験したという事は分かる。

少なくとも周は女性と手を繋いだのは幼少期の母親を除けば初めてだし、抱き締めたのも真昼だけ。真昼も、同じようなものだろう。

好きな人の新しい経験、その最初の一歩をもらえた、というのは嬉しくもあり恥ずかしくもあり、そして光栄な事だ。

願わくば、色恋においては初めてで最後の相手になりたいとも思ってしまう。

羞恥から額と思わしき場所を背中に当ててぐりぐりと押してくる真昼に、周は将来真昼の隣に居られたらいいな、とひっそり笑った。

第4話

天使様と勉強会

翌日には元の距離感に戻ったので、心配をかけていたらしい千歳や樹は安堵しているようだった。微妙な態度だったのだが、気付いていたらしい。

昨日の事はよく覚えているが、今日は真昼ともぎこちなくはない。いや、多少意識する事はあるが、学校なのでおくびにも出していないだけなのだが。

真昼は相変わらず天使の微笑みをたたえていて、今はクラスメイトの女子達に囲まれて勉強を教えてほしいとせがまれているようだ。

週明けには中間考査があるので、学年一の才媛である真昼に指導役として白羽の矢が立ったのだろう。ただ、真昼は穏やかな微笑みの中にほんの僅かな困惑を混じらせていた。

「テスト対策をするのは構わないのですけど、ちょっとうちでやるのは難しいですね……」

よくないと思いつつも聞き耳を立てていると、どうやら一緒に勉強したいらしい女子達が真昼の家を希望したようだ。恐らく真昼の家を見てみたい、という好奇心もあるのだろう。

(そりゃ困るよな、真昼は警戒心強いし)

もちろんクラスメイトであるからにして交流はあるが、千歳のように非常に仲がいいという訳ではないのが彼女達だ。中々家に入れるという事は難しい。

周としても、万が一があるので出来れば家に近づけてほしくない。うっかりバレた際には女子達からは根掘り葉掘り聞かれ男子達からは恨まれるのが見えていた。

「あ、ずるいずるい私も教えてもらうー」

「あたしもー」

そして話を聞きつけてやってきた他の女子達も手を挙げるので、真昼は今度は分かりやすく困ったような微笑みを浮かべる。明らかにこの人数では真昼の家に入る訳がない。

おまけに男子達も羨望の眼差しを向けている。

「……ええと、今日の放課後教室で一、二時間程なら」

妥協案として広い教室で、という事になっていたが、それでも参加の声は止む事がなさそうだ。部活動停止期間なので、余計に人が集まりやすいのだろう。

わっと上がる歓声を聞きながら、真昼も大変だな、と遠目に眺めていたら、妙に朗らかな笑みを浮かべた樹が小突いてくる。

「お前は参加しないの？」

「俺が参加して意味あるのか？　別にテスト範囲で分からないところはないし、仮に分からなくともあれだけ人数が居たらあっちも一人に対する時間は減るだろ。それで待つくらいなら自分でさっさと自習した方がいい」

「周のそういうシビアなところ好きだけど、これは参加しておくべきだと思うんだよなあ。モチベーションのためにも」

「勉強は元々する気だからモチベーション云々は……」

「いや、向こうの」

　クラスの半数以上参加しそうな勉強会に発展している真昼の方を見れば、やはり人数の多さ故に大変そうである事は分かる。知り合いが居た方が安心する、という意味では周は参加するかどうかは別として同室に居た方がいいのかもしれない。

「……別に教えてもらう事がないのにか？」

「ならオレに教えてくれたらオッケー。どうせ参加するちぃの事送るつもりで待とうかなって思ってたし、ついでに勉強して損はないだろ」

「人に教えるの得意じゃないんだけど……」

「まあ滅茶苦茶言い方は冷たいし手とり足取りタイプではないな。けど見捨てたり投げ出したりはしないだろ？」

　確信を持った声と眼差しにぐっと声を詰まらせると、へらっと笑いつつ「頼りにしてるぜ相棒」と肩を叩いてくる樹に、周は突っぱねる事を諦めて頷いた。

　普段ならば授業が終わればあまり長居する生徒は少ない筈なのだが、今日は本当に珍しく賑わいを見せていた。

掃除で整然と整えられていた机はいくつかの塊を作るように合わせられており、ある程度仲の良い人同士で固まっている。

男子達も参加するらしく、最初に真昼がお願いされていた人数の約六倍の規模になっていた。周は真昼から一番離れたところで樹と向き合って座っている。

「……これ俺が面倒見る事にならない？」

「せんせーよろしくおなしゃーっす」

「……家でやってもよくなかったか？」

「ちぃ待ちのついでに勉強するだけだよ。あと、帰宅時間が遅れるから、一人にしたくないだろ？」

意味深な眼差しを送ってくる樹に瞳を細めるが、樹はへらりと笑うだけだ。

彼女は普段はなるべく明るい時間帯に帰宅するようにしているらしいが、今日は勉強会の都合上帰宅が遅めになる。本人の警戒意識は高いし防犯グッズも持ち歩いているそうだが、やはり日が落ちている中一人で帰らせるのはあまりよくないだろう。

かといって一緒に帰るというのはクラスメイトの視線がある手前不可能なので、そっと距離を取りながら見守りつつ歩く程度になる。

「周って送り狼という言葉を知らなそう」

「なんでそんな不埒な人間にならないといけないんだよ。そもそも必要を見いだせないし、隙をついて襲うとか人としてどうかと思う」

「そういうところが信頼を勝ちとるに至ったんだろうなあ。まあ、行き先が同じだから意味なさそうだけど。そもそも襲うタイミングはいくらでもありそう」

「する訳がないだろ。嫌がられて泣かれたら死にたくなるぞ俺」

一度気を許したら無防備になる真昼に隙なんていくらでもあるが、その隙を狙って何かしようと思った事はない。むしろ気を許しすぎるなと注意するくらいだ。

信頼に基づいた油断をしている真昼に何かしてしまえば、今の穏やかな関係が好ましくない方向に崩れる。信頼を失いたくないし、人としての良識を失いたくない。

大切にすると決めているのに、無体を強いる訳がないのだ。

周の性格を分かっている樹は微妙に呆れた風に肩を竦めるが、周は敢えてスルーして教科書のテスト範囲を開く。

「ほら、俺の事はいいから当初の目的にとりかかってくれ。俺は分からなくて困るところはないからお前が分からないところを示さないと何も出来ないぞ」

とんとんと教科書を指で叩いて急かす周に、樹は「ちょっと逃げたな？」と笑いつつ自分のノートを開いた。

樹は頭が悪い訳ではなく、要領で言えばむしろ良い方に入る。

彼は自分の力量を弁えているので、少ない労力で結果を出す事が出来るタイプだ。ただ面倒がっているのと親への反抗でやや不真面目なだけであり、根本的な事を言えば真面目な気質である。

中学時代は優等生だったらしいが、千歳と交際する際に騒動があったらしく、そこから反抗期に至ったようだ。

「マジで英文意味が分からん」

「単語覚えるところから始めた方がいいんじゃないか……とりあえずテストに確実に出るだろう文法と単語だけは覚えておいた方がいいぞ。ここ絶対出るっていうかお前その授業寝てたけどここ出るって言ってた」

授業をサボる事はあまりないが睡魔に負けている事はよくある樹の額を小突く。

「とりあえずノートはまたコピーしてやるから。長文読解は今から詰め込むにも限度がある。というかすぐには無理。そっちは完璧にじゃなくてもいいから、単語問題と選択問題だけは間違えるな。どの選択問題も大体最低限の知識があれば二択に絞り込めるから、その二択を確実に正解出来るようにはなっておいた方がいい。確実に点を稼ぐ事に重点を置こう。お前英語は赤点スレスレだろ」

「ひゅーっ、頼りになるぅ。今度お礼に背中を押してやるからな」

「それ確実に要らないやつで余計なお世話なやつだ」

周は周なりにゆっくりと真昼との関係を進めていくつもりなので、過剰に背中を押されると逆にその場に踏みとどまりたくなってしまう。

ノー、と拒む周を半ば呆れたように眺める樹だが、周としては意見を変える気はない。

そもそもの問題として、今は真昼の隣で胸を張れるように努力している最中である。振り向いてもらえるようにするためにも、歩を進めるのでなくて研鑽を優先したい。

樹は何か言いたげではあるが、周が無視してコピーを取るノートのページを数えていると諦めたようで「やれやれ」と言ってシャーペンを手に取った。

そのまま勉強の体勢に入った樹に、周はひっそりと安堵しつつちらりと真昼の方に視線を向ける。

真昼は、いつもと変わらぬ微笑を唇に作って、クラスメイト達に懇切丁寧に教えている。誰にも平等に笑顔を向けて忙しなく教え回っている姿を見ると、本当に学園の天使様という立ち位置は大変なのだと外側から見て思った。

「何でここ答えが出ないんだ」

「公式使えよ」

「使ってるけど出ないんだってば」

千歳達が居る集団は和気藹々と会話しながら勉強したり教えてもらったりしているので賑やかだが、別のグループの男子達は頭を抱えているようだった。

真昼も全員のフォローが出来る訳ではないし、教えられる人間の理解能力によっては時間がかかる。その上で声が大きい方に真昼が呼ばれるので、こうしてあまり主張の激しくないタイプのクラスメイトに教えようとしても手を引っぱられてままならないのだろう。

どうしたものか、と少し逡巡して、周は樹に一言断りを入れてから席を立つ。

そのまま、眉を寄せて悩んでいるクラスメイトの側に行き、どこで躓いているか参考書と計算式を目視で確認して、そっとノートに触れる。

急に周が入ってきたので驚いたように見上げてくるクラスメイトに、周は敢えて視線をスルーしながら解き方を伝える。

この場合は単純に答えを求めるために使っていた公式がそもそも違っていた、という理由なので、その引っかかっている点が解消されれば簡単に解けるものだ。

いきなり割り込んできたにもかかわらず素直に受け入れて問題を解いてくれた事に安堵していると、瞬きを繰り返す向かい側の男子と目が合う。

「椎名でなくて悪いけど、向こう手が離せそうにないし。お節介だったらごめんな」

「……いや、ありがたいけど藤宮が話しかけてくるとは思ってなかった」

「いや、困ってる風に見えたし」

どれだけ自分は素っ気なくて陰気な人間に見られているんだ、と自嘲したくなったが、実際無愛想だし陰気なのは事実なので否定は出来ない。

苦笑しつつ戻ろうとすると、向かい側のクラスメイトが「じゃあここは？」と解けない問題を示してくるので、ついでに解き方を答えておいた。

すると、何やらグループ内で顔を見合わせた後、何故か樹の方を見る。

「おーい樹、藤宮借りていい？」

「えー、オレのなんだけど仕方ないなー」

「いつからお前のになったんだ」

気味の悪い事を言われてうえっと軽く嗚咽の真似をする周は、樹がいそいそと二人分の机をこのグループにくっつけている事に気付いて仕事が早いと呆れた。

別にいいのだが、本人の許可を取ってほしいものである。

ため息をついてグループに合併吸収された自分が座っていた席に戻って、ついでに樹を机の下で軽く蹴っておく。

「言っとくけど、教え方上手い訳じゃないからな」

「や、それでもありがたい。天使様は向こうで忙しそうだし」

「俺達も急に参加しちゃったからな、椎名さん一人では回りきらないよなって」

真昼が教えているグループを羨ましそうにこそ見ているが、妬みのような視線はない。単純に残念そうにしている。

「俺らは面白そうだからノッた感じだし、教えてもらえたらラッキーってノリだったから、藤宮が手伝ってくれるってならそれでいいんだよな」

「まあ欲を言うなら天使様の方が可愛くて嬉しいけど」

「男に可愛さを求めないでくれ。ほらどこが分からないんだ」

可愛げの欠片もないと自負する周的には真昼の代わりとして可愛げなんて求められたら苦笑いするのだが、彼らの言いたい事は男としては分かる。

無愛想な男より愛想が良くて可愛らしい、聡明な女の子の真昼に教えてもらった方が幸福度が上がりそうだ。

真昼の方が嬉しい、というのは当たり前なので肩を竦めつつ、各々の躓きポイントを聞いて説明していく。

幸いにも周が説明出来ないような疑問点はなかったし、彼らも頼むからにはと真面目に取り組んでくれているのでそれなりに理解も早かった。

樹も合わせて四人の質問に答えたり見本として解いてみせたりするが、四人だけでも大変なので真昼はもっと大変なのだろう。

そう思って真昼の方を見れば、隣のグループの質問に答えていた。

ただ、勉強に関する質問では一切なかったが。

「……好きなタイプ、ですか？」

不思議そうに反芻する真昼に、女子達が興味津々に視線を送っている。

例の男については頑なに答えない真昼に手段を変えたらしく、間接的にどんな人間か窺っているのだろう。真昼も例の男が恋人だとか好きだとかは明言していないのだが、やはりというか好きな人と思われているらしい。

あまり大きな声で質問した訳ではないのに周囲に聞こえていたのか、この教室に居る生徒は問題を解きながらも耳を傾けている。

「そうですね……絶対条件として、優しくて誠実な方でしょうか。不誠実な方だと好ましくないです」

「顔面の好みとかは？」

「内面重視ですので見目には拘りませんが、清潔感がある方がいいですね」

柔らかい笑みと眼差しで口にするのは、異性の好みのようでいて人間としての好みのもので、はぐらかしているな、と思ってしまう。

ほぼほぼ一般論を口にしているのは質問した女子も感じたのかほんのりと残念そうな瞳を真昼に向けるので、真昼はいつもの笑みにほんのりと苦笑いじみた色を滲ませていた。

「それ以外で大切だな、と思うのは、価値観が合う人……でしょうか」

「価値観？　趣味とかでなくて？」

「ええ、価値観です。完璧に一致するなんて思ってもいませんから合わなくてもいいのですけど、合わなくてもお互いの価値観を尊重出来る人が好ましいと思います。決して押し付けず、相手を曲げようとせず、相手の考えを大切に出来る人がいいです。同じものを見る事が出来ればー番かもしれませんが、出来なくても相手が見ているものを否定しないで隣で受け入れてくれる、そんな人が好ましいですね」

そう締めくくって穏やかな笑みを浮かべた真昼は、一瞬だけちらりとこちらを見た。

思わず目を逸らしてしまったのだが、真昼は変わらない表情で質問した女子に視線を戻す。

周もこれ以上見ていると周りに思われるのも困るので手元のノートに視線を落としたのだが、周の様子を観察していたらしい隣で小さく笑う。

「だってさ諸君」

樹はみんなして問題を解く手が自然と止まっていた事を見ていたようだ。一緒に勉強していたクラスメイト達もハッとなって、誤魔化すように手元に視線を落とす。

周は何事もなかったかのようにノートを捲って付箋を貼りつつ、価値観が合う人、という言葉を反芻していた。

真昼は気軽な気持ちでお付き合いなんてありえないというタイプであり、長く付き合う、それも身を固める前提まであるかもしれない。だからこそ側に居て苦にならない人、という条件を挙げたのだろう。

「天使様って考え方が大人だよなあ」

「まあ、椎名の言う事はもっともだと思うけど」

クラスメイトの感想に思わず呟けば視線を向けられたので、苦笑いを浮かべる。

「価値観の合わない人と過ごす事は大変だと思うし、一緒に居て気楽な人の方が側に居たいだろ。仮に価値観の違う相手に合わせようとしても、その内歪みは表に出てきて壊れるよ。俺だったら最初に対象から弾いておいた方が合理的って結論が出る」

側に居る人間が自分と違う事も許容出来ないなら尚更だ。親しくなったところでどちらかが我慢を強いられた結果破綻するのが見えているのだから、最初から対象に入れない方がいい。

「お前シビアだな。……そういう藤宮の好きなタイプとか想像出来ないんだけど」

「普通に優しい人がいい」

「すげえどうとでも取れる言い方するなあ。もっとないの？」

「もっととか言われてもな。……気が合う前提で、穏やかで良識的な女性が好ましいと思う」

「それ大半が好感持つ人では」

「うるさいな。何か文句があるのか」

「文句がある訳じゃないけど、一般論って感じがしてさあ」

「……じゃあ、好きになった子が好みのタイプになる、っていう事にしておく。好きな人がその時の好み」

あまり具体的に挙げると好きな人を語る事になってしまうのでなるべく適用範囲の広い事を言って誤魔化していると、後ろからくすっと笑ったような息づかいが聞こえた。

「案外可愛らしい事を言うのですね」

聞き慣れた声に、微かに身を強張らせる。

何でここに、とか聞いていたのか、と言いたかったが、別に真昼がこちらに来る事はおかしな事ではないし近づいてきたなら聞こえてもおかしくないので、言葉を飲み込んだ。

意識してしまった事を気取られないように表情を殺しつつ真昼の方を見ないまま「悪かったな」と返しておく。

みんなの天使様に素っ気なくするのはあまりいい印象を持たれないだろうが、そもそも周は普段から無愛想なためこちらを見ていたクラスメイトも特段驚くような反応はなかった。

「椎名さん」

「すみません遅くなって。あまりこちらに来られなくて申し訳ないのですが……何か分からないところはありますか?」

向こうが一段落したのでこちらの様子を見に来たようで、声に申し訳なさを滲ませて様子を窺ってくる。周の隣に立ったのは、意図的かどうかは分からないが心臓に悪い。

一緒のグループに居た男子達は顔を合わせた後、こちらも申し訳なさそうな色を表情に浮かべた。

「あー、いや、藤宮に教えてもらったから。こちらこそ急に参加してごめん」

「いえ、元はといえば自分のキャパシティを弁えられずに人を増やしたところから始まりますので。私が至らなかったのですよ。でも、藤宮さんに教えていただいていたなら安心です」

藤宮さんは勉強得意ですものね、と悪意の欠片は一切ない微笑みを向けられて猛烈に居心地が悪くなるのだが、おくびにも出さず「お褒めに与り光栄だな」と返す。

その後すぐ嫌味ったらしく聞こえてしまうのではないかと眉を下げて真昼を見やるのだが、真昼は全て分かっていると言わんばかりに慈しむような眼差しと微笑みで周の視線を迎えた。

「藤宮さんは面倒見が良くて教えるのもお上手ですよね」

「俺に面倒見がいいとかどこを見て……」

「今とか、あと千歳さんや赤澤さんへのフォローを見てるとすぐに分かりますよ。素っ気ないようで、ちゃんと見守っているでしょう？　相手が困ったらすぐに手を差し伸べていますし」

見ていたらすぐに分かりますよ、と柔らかな表情で告げられて、自然と唇に力が入る。

真昼が周を褒めようとするのはままあるが、こういった場所で見ていると言われたり褒められたりするのは想定外で、視線が泳いでしまう。

「照れてる照れてる」

「樹は黙ってろ。……別に、普通の事だから」

「それが普通になっている事がえらいのですよ」

にっこりと微笑まれて、とうとう周は耐えきれなくなってそっぽを向いた。

そんな周を、樹は机の下で何かを急かすように軽く爪先で蹴った。

勉強会が終わってしばらくして、周はようやく重くなっていた肩の荷を下ろすように軽く回す。

真昼は相変わらずいつもの笑みに親しい人だけが分かる親愛を混ぜてこちらを見てくるし、それを見た樹はこそこそと机の下でせっつくし、同じグループに居た男子達は段々と周に慣れてきたのかフランクに接してくるし、良くも悪くも疲れたのである。

新しく普通に話せる相手を得られたのはよい事であるが、やはり真昼という存在があったので微妙にやりにくかったのも事実だ。

彼らも勉強会が終わったという事で、周にノートのコピーをお菓子を対価に頼んで帰って行った。

用事や思ったよりも真面目な勉強会に求めていたものと違ったからと途中退席していったクラスメイトも居たので、彼らはかなり真面目なタイプなのだな、と密かに感心していた。

「お待たせしてすみません。お手伝いまでしてもらって」

真昼は最後まで残って教室の清掃と整理、事務室へ鍵の返却をしていた。他のクラスメイトが一緒に帰ろうと言っていたが、主催者としての片付けと用事があるので、と固辞して一人で残ろうとしていたところを周が止めたのだ。

一緒に教室を使ったし、真昼を帰すのが遅くなっては流石に危ないので二人でしたのだが、樹と千歳も留めておけばよかったというのが本音だ。

よく分からない気の使い方をして二人で先に帰ってしまったことに軽い恨みの念を送りつつ、人気のない廊下を二人で並んで歩く。

部活動停止期間かつもう日が暮れかけているので、教員や事務員と僅かな生徒達くらいしか学校には残っていないだろう。学校で二人きりというのはあまりよくないのだが、もう今更だった。

「いや、むしろこっちが申し訳ないな。邪魔したかもしれないし」

「いえ助かりましたよ。私一人だと回りきらないですから。まさかあんなに増えるとは……飛び入り参加の方も居たので、想定外の人数になりましたね」

「流石天使様って感じだな」

「……もう」

そのあだ名で呼ばないでほしい、と視線が飛んでくるので、素知らぬ顔で流しておく。人前でこちらを褒めたささやかな仕返しのつもりだ。

「でもよかった、皆さん真面目に取り組んでいただけて」

「雑談はちょいちょい挟んでたけど、思ったよりもみんな真面目だった。俺もうかうかしていられないな」

「藤宮さんはいつも勉強真面目に取り組んでいますものね。今回のテストは前よりも気合が入っているようですけど」

「……まあ。色々と、頑張ろうと思って」

勉強も運動も出来うる限りで頑張るつもりではある。今こうして人気もなく、付き添いという理由があるから隣に居るが、なんの理由もなく一緒に居て指をさされないようになれたら、と思うのだ。

深いところで何故周が頑張るか、という事は知らない真昼は、周に「えらいですね」と微笑みを向けて、ちょうど到着した昇降口で周に向き直る。

「もう日が暮れてしまいましたね」

「そうだな」

頷いたところで、真昼がじっとこちらを見ている事に気付いた。

いつもの微笑みではなく、普段二人の時に見せるような、親しげでほんのりと期待の混じった笑み。

何を求められているんだ、と体を強張らせたが、前にしていた話題から何となく真昼の要求を察して小さく苦笑いする。

「……遅いから、送っていくよ」

どうやら答えは当たりだったらしく、白磁(はくじ)の頰(ほお)をほんのりと薔薇色に染めて口元に緩(ゆる)やかな弧(こ)を描かせる。

「お気遣いありがとうございます。お優しいのですね」

「煽ってんのか……真昼から言わせただろ今」

「ふふ」

　本当に小さく呟いた事も真昼に聞こえていたらしく、おかしそうに瞳を細めていた。

　そんな真昼に「こいつめ」と悪態をついて、靴を履き替えて昇降口を出る。そんな周に真昼は控えめについてくるので、周は真昼の歩幅に合わせて歩く速度を落としながら、わざとため息を落とした。

（……分かってるんだろうなあ、多分）

　ある意味では、本当に言わせたのは周の方だという事を。

　こんな時間まで一緒に残って真昼を待っていたのは、真昼を一人にしないようにして送るためだという事を。

　ただ、二人きりなのもよくないので後ろか前を歩くつもりだったし、一緒に並んで帰るつもりはなかったのだが、その辺りも見越して送るように促してきたのだから、真昼には勝てそうにない。

「……椎名は女の子なんだから、あんま遅く帰るなよ」

「優しいですね。普段は気を付けて帰っていますし、今日は藤宮さんが居るので安心してますよ」

「……左様で」

薄暗く心もとない街灯の明かりに照らされた真昼の微笑みは照明よりも眩(まぶ)しくて、周は逃げるように目を逸らした。

第5話　皆で勉強会

「藤宮おはよー」

「おはよ」

　昨日の勉強会のお陰なのか、一緒に居たグループの男子達は軽い感じで挨拶をしてくれるようになった。ちなみに昨日家に帰る間も帰った後も、真昼は終始ご機嫌だった。

　軽く手を振って返しつつ自席に荷物を置くと、既に学校に来ていた樹と優太がにこやかに近寄ってくる。樹の方に若干の邪念じみたものを感じるのは気のせいではないだろう。

　その予想通り樹の笑みはにこやかではなくニヤニヤといった性質のものに変化したので、うっかり舌打ちしそうになった。

「昨日どうだった？」

「別にどうもないけど。その笑顔うざ」

「ああ、藤宮達勉強会したんだよね。俺は用事あったから出られなかったんだけど、何かあったの？」

　優太は不参加だったので樹のにやつきの理由を知らないようだ。

わざわざ説明する気にもならないので、樹に辟易と苛立ちを混ぜ込んだ表情を向けたまま肩を竦める。

「別に何も。普通に実のある勉強会が出来ただけだぞ」

「お前なあ……俺の配慮を何だと」

「余計なお世話だったぞ確実に」

樹が置いていかずとも送る（実際はほぼ帰宅先が同じなので帰るが正しいが）つもりではあったが、樹と千歳の二人が居てくれた方が明らかに楽だったし人目を気にしたり気まずさを感じたりもしなかっただろう。

「別に、俺は促されなくてもゆっくり進めていくからいいの」

「あまりにも焦れったすぎるから押してるんだけど……」

「うるせえ。ノートのコピーやらんぞ」

「うっ。この場は退いてやろう、命拾いしたな」

「お前がな」

時間が迫っていて期限に余裕がないのは明らかにテストの方なので、困るのは樹だ。勉強しなくても程々に勉強出来る男ではあるが、苦手分野はどうしてもノー勉では無理と本人が言っている。

ファイルからノートのコピーを取り出して渡せば「これで勝つる」とはしゃいでいるが、家に帰ってしっかり勉強するかは怪しいところである。

ついでに昨日頼まれた分を先程挨拶した彼らに渡しに行ったら拝まれてお菓子を渡されたので、周の手元には何故か物が増えていた。

「面倒見いいですなあ」

お菓子を抱えて帰ってきた周に樹は昨日あった真昼の周に対する評価を早速擦ってくるので、頬をひくつかせながら「無償じゃないしお前のついでにコピーしただけだ」と返しておく。

優太は相変わらずにこにこと見守っていたが、ふと少し残念そうに眉を下げた。

「俺も昨日参加しておけばよかったな、何か楽しそうだしさ。みんなで勉強したかったな」

「楽しいのは俺をいじってる樹であって、いじられる俺は楽しくないいんだけど」

「またまたぁ」

「まあまあ。樹のいじりには愛があるから。多分。きっと」

「何で疑われてるのオレ」

「いじりすぎてたまに不機嫌にしてるから、そこに愛はあるのか悩んだんだよねえ。程々にしないとね。恐らく藤宮は時間で許すけど、踏んでいいラインかは見極めないと」

「大丈夫大丈夫。それくらいはちゃんと見極めてますから」

「むかつくなこいつ」

樹も本当に怒らせるような、周が不愉快になるラインで周をからかってくる事はない。多少不機嫌になっても不愉快にはならない、精々周がイラッとして軽くはたく程度のいじりに留めているし、樹も周にやり返されても不満は口にしないので、本当に分かっているのだろう。

その辺りの線引きが上手いのがよさであり、逆にイラッとするポイントでもあるのだが。

「まあまあ、樹がちょっと鬱陶しいのはいつもの事だし」

「さり気なくひどいよな優太。辛辣キャラだっけお前」

「樹には辛辣でいいかなって最近思ってきた」

「ひどい！　断固抗議する！」

「あはは」

笑って流す優太に樹はわざとらしく憤慨するようなポーズを取っているが、本当に怒っている訳ではないのは明白だ。樹もいじられる側におりてきているから周も溜飲が下がるという事を、意識的になり無意識になりやっている。

こういうところも含めて憎めないので、周はそっと苦笑した。

「で、樹は置いておくんだけど」

「置いておかないで」

「樹喋ると話進まないから一旦黙っててね。俺も二人と勉強したいなって思ってさ。土日のどっちかに勉強会しない？」

素直に口元を某うさぎのキャラクターよろしく閉じた樹をスルーして「駄目かな？」と問う

優太に、周は特に用事もないし優太となら普通に勉強会になるだろう、と頷こうとして、止まる。

周としては、別に何の問題もないのだが、どこで、という問題が浮かび上がる。

「……ちなみにどこで？」

「あ、オレは無理だぞ。両親が揃ってるからギスるというか気まずい空気だと思う」

軽く言っている樹ではあるが、現状親子間の仲が悪いという事に周としては心苦しさを覚える。

「……俺の家は別にいいんだけど、姉達がちょっと邪魔してくるから勉強には向かないと思うんだよね」

「姉が居るのか？」

「うん、二人ほど。ちょっとかしましいっていうか押しが強い人達だから、多分藤宮が困る」

優太がそう言うのであれば恐らく謙遜でも何でもなくそういうタイプの姉なのだろう。どちらかといえば苦手なタイプの女性達の雰囲気を感じるので、出来れば遠慮願いたい。

となれば都合がいいのは周の家になる。

樹は普段から上げる事が多いし、優太も入れる事自体は構わないのだが、あの家は周一人が過ごす家でもない。

真昼とは周の家に常に居る訳でもないのだが、厚意でご飯を作りに来たり勉強を一緒にしたりしているので、居る確率の方が高い。

流石に来客を許可もなく受け入れるのもどうかと思うので、曖昧に笑う。

「一回向こうに聞いていいか？」

「あー、そうだね。押しかける訳にもいかないから」

「愛の巣だもんな」

「お前黙ってろよマジで」

人に聞かれていたらどうするんだ、と睨むものの、樹も気を使っていたのか小声だったしこちらを見ているクラスメイトは居なそうだった。

ったく、とため息をつきながら、今は教室に居ない真昼を思って目を伏せた。


「なあ真昼、明日樹と門脇が朝から俺の家で勉強会するんだけどいいか？」

夕食後、共にシンクに皿を持っていきながら、同じように食器を運んでいた真昼に問いかける。

樹の予定の都合で出来れば明日という事になったので、結局ギリギリで聞くのに近くなって申し訳なさを感じているのだが、真昼は一度大きく瞬きしたものの眼差しを柔らかくする。

「別に構いませんよ。皆さんの分もご飯を作ればいいのですか？」

「や、そこまでしてもらうのは申し訳なさがあるんだが……でもそうしてくれるとありがたいというか。……良いのか？」

「量が増えるだけですから構いませんよ」

軽く言っているがそれだけでかなりの手間がかかる事は想像に難くない。自分の事もしなければならないだろうに、こちらの予定に合わせてくれる真昼には拝んでも拝みきれない。

「ちなみに、私もご一緒していいので？」

「真昼がいいなら樹達もいいってさ。……千歳も呼んどくか？　まあ予定が空いてるか分からないし、あいつ土日まで真面目に勉強するか分からんが、放っておくのちょっと不安が」

千歳はあまり真面目ではない。勉強が出来ないといった訳ではないのだが、決して頭がいいとも言えないくらいだ。

昨日は勉強会に参加していたものの、進捗は芳しくなかったようでへらりと「テスト駄目かも」とまで言っていた。

「心配には及ばないというか、そもそも、呼んでますし」

「え？」

「いえ、今回のテストそれなりにいい点数取らないとお父さんに言われるー、と言っていてちょうど今日、土曜日に千歳さんと勉強する約束をしました」

「もうそれ千歳狙ってないか？」

樹が勉強会の事を千歳に言った気がするのだが、確証はない。ただ樹から情報が流れた確信はあるので、あいつらめ、と苦笑してしまう。

それなら最初から言っておけよ、と思いつつ油がついた皿を湯でさっと流して皿洗いを始めれば、真昼も小さく笑って冷ましておいた残り物をタッパーに詰めている。

「まあ、狙ったにせよ狙ってないにせよ、賑やかな勉強会になりそうですね」

「真昼は静かでなくても大丈夫か？」

「私は平気ですよ。それに、日頃から勉強してますのでそこまで焦らないですし」

この余裕の発言は真昼が日頃から努力を欠かしていないが故のものだと分かっているので、さして何も思わない。

ただ、その効率よく勉強していけるところはどうやっているのかと気になりはするが。

「なあ真昼、あとで真昼のノート見てもいいか？」

「別に構いませんよ。でも、周くんのノートも綺麗ですよね。人気でしたし」

「ノートがな。まあそれなりに整えてるから。でも、学年一位のノートは気になる」

「期待されるほどではないですよ」

真昼はくすりと笑って冷蔵庫に残り物をしまっている。

冷蔵庫に格納された夕食は明日の周の朝ご飯になるため、洗い物をしつつ真昼に心の中で拝んでおく。夕食だけでなく朝食まで真昼手製のものが食べられるので、毎日充実して健康的な食生活を送っている自信があった。

「周くん、今回のテストは本当に頑張る気満々ですね」

「まあ、色々と自信つけたいし、折角なら本気で取り組もうかと思って。順位一桁取れたらいいなと思うんだけど」

「そうですか。……じゃあ、もう少しやる気出させてあげましょうか？」

「やる気？」

「周くんが十位以内に入ったら、何でも言う事を聞いてあげますよ」

「……は？」

一瞬何を言われているのか分からなくて固まって、危うく手にしていた皿をシンクに取り落としそうになった。

真昼お気に入りの皿を割りそうになった事で我に返って、深呼吸する。

それから、ちらりと隣を見れば相変わらずの余裕のある笑みを浮かべる真昼がタッパーの蓋を閉めていた。

「前に頼まれたら基本的に何でもするって言いましたけど、今回はちゃんとご褒美としてしようかなって。周くんが普段絶対に頼まないような事でも叶えてあげますよ？」

「……女の子がそういう事を言っちゃいけません」

「あら、周くんは危ない事をお願いするのですか？」

そんな事は出来ないと分かっているだろうに、からかうように問いかけて首を傾げてみせる真昼に、眉が寄るのも仕方のない事だった。

周のお願い事など大した危険はない、と踏んでいるらしい。

じとりと真昼に視線を向けると、おかしそうに笑ってぴょこりと周の隣に立つ。どこか期待が見え隠れしているのは、気のせいなのかそうでないのか。

「……仮に危ない事を頼んだとして、真昼はどうするんだ」

「内容にもよりますけど、周くんも男の子なんだなって感心して叶えてあげますね」

真実真昼は周の願い事を叶えるつもりだろう。勿論、周が無体を強いる事がないと確信しているからだろうが、言われる立場からすれば葛藤してしまう。

無理強いしたくないが、好きな女の子から何でもしてあげるなんて言われたら、色々と考えてしまう。実際に口にする事はまずないが、ほんのちょっぴり男子の妄想が頭をよぎってしまう。

ちらりと真昼を見れば、真昼はばっちこいと言わんばかりに微笑んでいる。

あまりの無垢さに、自分の浅ましさを突きつけられた気がした。

「……じゃあ、前にしてもらった膝枕、で」

ギリギリで堪えた周は、悩んだ結果微妙に欲求の滲んでしまった、真昼が進んでしそうかつ程よく普段言わないような甘えるお願いを口にした。

あの心地よさをもう一度味わいたいと思ってしまった。これくらいなら不埒ではないお願いだろう、と理性の締め付けが緩んでしまったのも悪い。

言ったそばから自分でも何お願いしているんだと恥ずかしくなって呻きそうな周に真昼はぱちりと瞬きを繰り返して、周の顔をじいっと見上げる。

それから、可愛らしくはにかんで「いいですよ。耳掻き付きでしてあげますのでたんと甘えてください」と周が十位以内に入る事を疑っていない様子で胸を張った。


「お邪魔しまーす」

テスト前の土曜日、約束通りに樹、千歳、優太の三人は十時頃にやってきて、声を揃えて玄関から廊下にあがった。

彼らは中学も同じ学区という事で待ち合わせてきたようだ。そもそも優太が周の家を知らないからであるが、単純に仲がいいからという理由も大きいだろう。

「ん、いらっしゃい」

「まひるんは?」

「キッチンで昼ご飯の仕込みしてる」

真昼は先に周の家に来て昼食の仕込みをしている。早朝に開くスーパーへ急遽食材を買い出しに走ったので、昼食の心配はない。

ちなみに、本日はローストビーフを作るそうだ。作って寝かせておけばお昼にはほどよい柔らかさのものが食べられるだろう。

「……すっかり馴染んでしまって……」

「うるせえ」

「最早同僚を歓迎する新妻感あるよね」

「それ以上言うと昼飯抜くぞ」

「やだー！　まひるんのご飯食べるー！」

変な事言いやがって、と悪態をつきつつ優太を見ると、優太は少し呆気に取られたように周を見ている。

「どうかしたか？」

「……いや、ナチュラルに椎名さんは藤宮の家に居るんだな、と」

「……仕方ないだろ、いつも飯作ってもらってるし」

ぷい、とそっぽを向けば樹が口許を押さえながらにまにましていて、それが母親の笑みを連想させてイラッとしたので軽く脛を蹴っておいた。

「いらっしゃいませ、皆さん……あら、赤澤さんはどうしたんですか？」

「気にすんな」

真昼にとっては謎の笑みを浮かべているであろう樹を心配したらしいのだが、これは心配の必要は全くないので気にしないでほしかった。

不思議そうにしつつも気にする事はないと判断したらしい真昼が、いつもの微笑みを浮かべて「私はもう少し用意がありますから先にリビングにどうぞ」とエプロンを翻(ひるがえ)してキッチンに戻っていく。

その後ろ姿を眺めて、樹は「やっぱ溢(あふ)れる新妻感」と呟(つぶや)く。とりあえず今度は背中をはたいておいた。

「じゃあ勉強しましょうか」

食事の仕込みを終えてお茶を出した真昼が周の隣に座る。何故(なぜ)周の隣かと言えば、残る三人の陰謀である。

「はーい」

「ええと、千歳さんはどこが分からないのですか。一昨日英語やって今日は数学する予定でしたよね?」

「ぜんぶ」

「ぜ、全部……」

「ちぃは数学全般的に苦手だから。ギリ赤点は回避してる」

千歳は勉強がからきし出来ないとまではいかないが、数学はかなり苦手らしく、赤点神回避を毎回披露している。

全部という単語に真昼は頬(ほお)をかすかにひきつらせているが、実際出来ていないのだから仕方ない。基礎はある程度出来ているのが幸いだろう。

「基本こいつは応用問題が苦手だから、応用問題にどう公式を当てはめていくかの考え方を教えてやる方がいいぞ」

「公式は大丈夫なのですか?」

「……大丈夫だよな?」

「たぶん」

大丈夫でないような気がするので、真昼にはそこから頑張ってもらいたい。彼女は頭が悪いというより、使い方が分からないから解けない、といった方が正しいので、そこさえ理解すればそれなりに点数は取れる筈なのだ。

「樹はとりあえずやる気を出すところからだな」

「はっはっは」

「笑って済ませようとすんな勉強しろ」

何のために勉強会を開いたと思っているのだろうか。

「優太ぁー周がきびしいー」

「樹はそろそろ真面目にしような」

爽やかな微笑みで救いを拒絶されたので、樹はがっくりと肩を落としている。

優太の方は真面目に教科書とノートを開いて勉強を始めているので、樹と千歳には彼を見習ってほしい。

ちなみに優太にはこれといった不得意科目はないそうで、平均以上に何でも出来る優秀な男である。

周も苦手な科目は特にないので、あとは暗記と応用力を磨くだけだった。

千歳の家庭教師は真昼に任せて、周は自分のために用意してあった世界史の教科書に視線を落とした。


食後勉強を再開した周達だったが、結局集中力が持たなかったらしい千歳がおやつ時に「疲れたー」とまた転がりだした。

「あまねー、ゲーム遊んでもいい？」

「遊ぶのは勝手だがお前の成績がどうなっても知らんぞ」

「やーん厳しい」

「気晴らしに遊ぶのはいいがお前本格的に遊びだすからな。自分で調整していいと思うなら遊べ」

俺は勉強続けるし、と参考書に載る問題を解きつつ返せば、微妙に頬を膨らませる千歳が視界の隅に映った。

元々勉強嫌いの千歳がそろそろ飽きてくるのは想定していたので、テレビボードに入れてあるゲーム機の側にはソフトやコントローラーを四人分揃えている。

　そもそも人間の集中力は持続しないので、息抜き程度に収められるなら遊んでもいいとは思っていた。

　周は一時間ごとに小休止を挟んでいるので、長く休憩を取らずとも問題はないし、勉強自体嫌いではないので割と長く続けられる。

「周つめたーい」

「勉強会の名目できたんだろ。まあ、別に遊んでていいから。コントローラーも四人分あるし、休憩がてらすればどうだ」

「じゃあお言葉に甘えるけどー。根詰めすぎても駄目だよ？」

「俺は休憩入れてるし」

「真面目ちゃんか。いや真面目だったけどね周。じゃあ遊ぶー。いっくんも遊ぶ？」

「じゃあ遊ぼうかな。遊び呆けるほどはしないけど」

　樹も流石に二、三時間続けて勉強するのは疲れたらしく、ゲームに乗り気になっている。

「優太もやるか？」

「やろうかな。藤宮、いいか？」

「ん」

　樹と千歳より真面目な優太も小休止がてらゲームに興味を示したので、周は好きにしてくれと態度で示して再び参考書に視線を落とす。

ちなみに真昼は隣で静かに問題集を解いている。集中力が切れた気配もない。

「真昼は遊ばないのか」

「私はもう少し勉強しますよ」

「そっか」

周は今回真面目にやると誓っているからこそこんな風に止めないだけだが、真昼は素なので勤勉だなと感心しきりである。

努力を欠かさないから常に首位をキープしているのだろうが、その努力を欠かさないところが真昼のすごさでありえらいところだろう。

三人がいそいそと机を離れテレビの前に陣取り始めたのを見てから、三人を一旦頭から追い出してシャープペンシルを動かす。

紙を芯が引っ搔く音と消しゴムの擦れる音、そして隣の真昼の息づかいがやけにはっきりと聞こえる。

少し離れた位置で盛り上がる彼らの声をなんとなく聞きながら、教諭ごとの出題傾向を思い出しつつ出題されそうなものを重点的に解いていた。

一年時に引き続き受け持っている教諭も居るので、その教諭のテストは案外楽だったりする。性格や授業での取り上げ方でどの辺りから出すのかは去年一年でしっかりと覚えた。

今年から教えてもらっている教諭についてはこのテストや小テストでまた出題傾向を掴んでいくつもりだ。

千歳にも一応この辺りから出るというのは予想を付けて教えている。ヤマを張った形だが、そう外れる事はないので重点的に学習すれば赤点はまず免れるだろう。

「周くん、どうぞ」

黙々と問題を解いていたら、いつの間にか隣に居た筈の真昼が立っていて、周の手元にコーヒーが注がれたカップが置かれた。

小さな角砂糖一つとポーションミルク一つが入っているだろうそれに、頬を緩める。

「いつも通りのでいいですよね?」

「ん。さんきゅ」

半年は側に居るので、互いの食の嗜好は分かりきっている。

ちょうど飲みたかった時に持ってきてくれた真昼に感謝しつつ取っ手に指をかけたところで、コーヒー以外にも小さな皿が置かれている事に気付いた。

「これは?」

「フィナンシェです。昨日焼いておいたんですよ、勉強には糖分が要るかと思って」

小皿にこんがりきつね色に焼き上がった一口サイズのフィナンシェが載っている。

ご丁寧に、手が汚れないようにピックが刺されていて、勉強の合間に摘まむ前提の大きさと用意なのだろう。

ゲームを楽しんでいる樹達の分もきっちり用意しているらしく、こちらは三人分、多めにトレイの上にある皿に載せられてピックが添えられている。

コーヒーも三人分用意されているが、こちらはお砂糖ミルクご自由にというスタイルでスティックシュガーとポーションミルクがトレイに載せられていた。

「千歳さん達もどうぞ」

微笑みながら彼らにそっと近付いて、向こうにある小さなテーブルにトレイを載せていた。

「わー！　ありがと、まひるん！」

「おお、おやつだ。いい時間だったしな。ありがとう、椎名さん」

「いえいえ」

おやつタイムに喜ぶ三人を嬉しそうに眺めながら戻ってくる真昼に、周も自然と口許が緩んだ。

「……なんか、色々と準備させちまったな」

「いえ、私がしたくてした事ですので。勉強の合間にした事ですから、いい息抜きになりましたよ」

「お前って尽くすタイプだよな、ほんと」

「……尽くしたい人に尽くすだけですし」

小さな声で呟かれた言葉に、喉元に熱いものがせりあがってくる気がした。

それが吐き出される前に飲み込もうとコーヒーを流し込んだが、コーヒーが甘く感じて仕方ない。いつも通りの砂糖の量の筈であるが、かなり甘く感じる。

嫌ではない甘さに、そして真昼の言葉にどう反応していいのか分からず、周は自分を誤魔化すように参考書に視線を落とすしかなかった。


結局のところ、ゲーム大会は夕方頃まで続いた。

流石に勉強が続けば集中力が切れてくるので、途中からは勉強に一区切りをつけて周も参加していた。というか、集中力が切れたのは立て続けの自習のせいだけではないのだが。

(尽くしたい人に尽くすってどういう意味だ)

真昼の小さな呟きが頭の中をぐるぐると回っていた。

元々真昼が誰かのために動くのが好きな人間という事は分かっているのだが、ああいう言い方をされると、周に好意があるという風に取れるではないか。

確かに周は真昼に好かれている、とは思うが、そういう異性的な意味ではないと認識していた。

しかし、あんな風に言われると男として好きで尽くしてくれるのではないか……という妄想が湧いてくる。

（いや人間として俺がだめだめだから尽くすというか世話を焼きたくなる的なのなら分かるけど）

むしろそっちの方がありえそうなくらいには周は家事が出来ない。いや、努力すれば生きていく分には問題ない程度には出来るが、真昼に甘えきりだ。

面倒を見たくなるという意味での方なのか、それとも好きだから世話を焼きたくなるのか、どっちなのか。

真昼を好きな身としては後者に期待したいし、決して脈がないという訳でもないとは思うが、あの真昼が自分を好きになるような自分なのか、という自問自答が始まってしまう。

「あまねー、場外落ちてる」

「えっ」

ゲームの最中に考え事をしたせいで、操作ミスして自キャラを落下させていた。残機ももうないので復活は出来ず、一抜けしてしまった。

樹、千歳、優太は接戦を繰り広げている。

普段なら、優太の実力は分からないが即負けなんて事はない。それだけ思考が真昼の言葉に割かれているという事だろう。

「やっぱ勉強で集中力切れてたんだろ、ぼーっとしてるし」

「……そうかもな。真昼、次やるか？」

「いえ、私そろそろ夕食の準備しなくてはいけないので……」

時計をちらりと見る真昼の視線を追うように視線を移せば、もう七時前だ。夕食の準備をするには些か遅い時間だろう。

「あ、ほんとだ。もうこんな時間か……帰らなきゃいけないねえ。流石に泊まるのは無理だし」

「だなあ。ちぃは椎名さんのうちに泊まりたかっただろうけど、着替えとかないし。本人に許可取ってないし、流石にちぃだと椎名さんのはサイズ合いそうにないからな」

「ねえそれどこ見て言ってるのいっくん」

「勿論背丈ですハイ」

そこのカップルがいつものように仲良く喧嘩をしているのを、真昼はくすりと見守っている。

「また今度お泊まりにきてください」

「いいの？」

「はい。事前に言ってくれたら」

「じゃあ俺もそれに合わせて周んちに……」

「飯目的な気がする」

「ばれたか」

椎名さんのご飯美味しいからな、と悪気もなさそうに笑う樹にため息をつきつつ「真昼が許可出したらな」と告げる。

いつもより多く料理を作るのは彼女なので、こっちの一存では決められない。

もし許可がでなかったら外食なりコンビニなりになるが、それはそれで男同士の泊まりという感じなので悪くはないだろう。

真昼はにこやかな笑みで承諾しているので、その内また泊まりにくる気がした。

「今度は門脇もくるか？」

「え、いいのか」

「そりゃあ」

「なら周の背中を蹴る会の会合しようぜ」

「おい何勝手に妙な会を作ってるんだ」

「だって、なあ？」

にまー、と笑みを浮かべた樹に頰をひきつらせれば、優太は呆気に取られた後安堵したように笑みを浮かべた。

「なあ真昼。……その、尽くしたい人に尽くすってどういう意味だよ」

彼らが帰った後、周は気になっていた事を躊躇いつつ、玄関に立ったまま問いかける。

本当は聞くか聞かないか迷ったのだが、樹の帰り際にどうするべきかとこぼしたら「いいから聞いとけ」と蹴られた。

物理的に蹴るとは聞いていなかったので周も仕返しにはたいておいたが、彼には懲りた様子がなかったので無意味そうだ。

真昼は質問にぱちりと瞬きを繰り返して、それからゆるりと口の端を持ち上げる。

「どういう意味だと思います?」

「……世話の焼ける駄目男から目を離したくない的な?」

流石に自分の事を好きだから、なんて自意識過剰にもほどがあるような妄言は言えなかった。

「ふふ、そうですね。周くんから目を離すのは怖いです。周くんは私が居ないと駄目になってしまいますもの」

「返す言葉もございません」

実際真昼には非常に世話になっている。彼女が居なければ、周はこの生活を維持出来ない。

「……いいんですよ? 私としては、周くんのお世話するの好きですから」

「堕落させてくる……真昼抜きに生きられない体にさせられる……」

「ふふ」

彼女の恐ろしいところは、既に真昼が居ないと生活的にも精神的にも駄目になっているところだろう。

色々な意味で彼女の虜になっていて、離れがたい。というか離れられないし離したくなかった。もちろん、好きだから、というのが一番の理由だが。

これで告白してフラれでもしたら、割と真面目に精神的と生活的に死にそうである。

それだから前に進めないいんだよなあ、と声に出さずに自嘲した周に、真昼は何を思ったのか周に体を寄せる。

くっつく、というほどではなく、ほんのりと触れる程度。周に真正面から近寄って見上げて――人差し指で、周の唇をなぞった。

「……遠慮なく駄目にしてさしあげますので、安心して駄目になってくださいね？」

いたずらっぽく瞳を細めてはにかんだ真昼に、周は息をするのも忘れて彼女を見つめた。

今までに見た事のないような、甘くて、それでいて刺激的な……どこか妖艶さすらある笑み。小悪魔的とすら言える、本人の言葉通り人を駄目にしそうな微笑みは、周の心臓を責め立てるのには充分すぎるほどだった。

体の中で心臓が暴れ血流が激しくなるのが、分かる。

美しい天使のような笑みや消えそうな繊細な微笑み、あどけない笑顔と色んな笑い方を見てきたが、今の真昼ほど色っぽさを感じたものはない。

硬直した周を満足げに眺めた真昼が「じゃあご飯作ってきますね」といつものような笑みに戻ってキッチンに向かうのを、周は燃え上がりそうな顔のまま見送った。

第6話 テスト前のひととき

テスト前日の日曜日、周（あまね）は自室で黙々と勉強していた。

テストでいい結果を残すため、というのもあるが、何より真昼（まひる）の事を頭から追い出すためという点が大きい。

『……遠慮なく駄目にしてさしあげますので、安心して駄目になってくださいね？』

なんて台詞（せりふ）を小悪魔めいた笑みで囁（ささや）くものだから、真昼の事で頭が満たされそうになるのだ。

最近の真昼は周への破壊力高めな言動を意識的なのか無意識なのかは知らないがやってのけるので、される側としては嬉（うれ）しくもあり、しかしきついものがある。

真昼の意図が分からない以上こちらからは何も出来ない。

色々と頭を悩ませる全（すべ）てを追い出すために勉強に朝から取り組んでいたのだが、それが功を奏したのかあまりに一生懸命になりすぎて気付けば午後二時を過ぎていた。

昼食をとらずにぶっ続けだったのにもかかわらず気付かなかったのは集中の賜物（たまもの）であろうが、こうして気付いて時計を見てしまうと急に胃が空腹を訴えかけてくる。

「……昼飯でも食べるか」

座り続けのせいで固まってしまった体をほぐすように背伸びをして、椅子から立ち上がり、部屋を出る。

今日は真昼も家でテストに向けて自習しているらしく、日中は周の家に来る事はない。なので昼食は周が自分で用意する事になる。

真昼がこの家に来るようになってから食生活が豊かになりすぎているんだよな、と思いながらキッチンに向かい、冷凍庫を開けた。

急な時でも使えるようにと小分けに冷凍してある米飯を電子レンジに入れて解凍しつつ、今度は真昼が作って置いてある常備菜を何種類か小鉢に取り分けて、食事の彩り(いろど)と栄養を確保する。

(真昼様々だな)

周だけなら常備菜なんて作らないし昼食はコンビニか外食で済ませる。

今は家にそれなりの食料があるし、周も自ら作るという事を覚えた。勿論(もちろん)真昼のような美味(おい)しくて見かけもよく栄養も考えられた食事という訳ではないが、それなりに食べられる代物が作れるようにはなっている。

真昼という師範の手によって多少マシになった腕で、周は簡単に昼食として炒飯(チャーハン)を作った。具は卵とベーコンだけで素っ気なくはあるのだが、真昼の作り置きによって食事全体の彩りは豊かなものになっている。

インスタントの中華スープを添えれば、もう簡単にとる昼食には充分な献立となっていた。

盆に載せてダイニングテーブルに持っていき、一人の昼食をとる。

「いただきます」

以前の周では考えられないような休日の昼食にそっと苦笑しつつ、周は手を合わせてからスプーンを手に取った。

口に運んだ炒飯は、真昼のものと違った味で濃い目に仕上げてあるが、悪くはない。男子高校生が食べるには程よい塩梅のものになっている。

(ほんと、変わったよなあ)

食生活を丸々変えられて、色々と周も変わった。色んな意味で、駄目人間にされている。

普通にしている分にはむしろ前より真人間になっているのであろうが……人間、一度上の環境を知るとその味を忘れられないものだ。

真昼の居る生活から前の生活に戻りたくない。真昼が居なければ満たされたような感覚がしない、そういった意味では本当に駄目人間にされているのだろう。

そして、駄目にされているのは、何も生活面だけではない。どちらかと言えば精神面だろう。

父親である修斗から以前聞いた事があるが、藤宮家はもれなく一途な人間であるらしい。

ただ一人を好きになって大切にする、と。

周もその血を色濃く継いでいるのか、真昼の事を好きだと自覚した時から、元々あまり興味がなかった女子が更に目に入らなくなったし、真昼を大切にして幸せにしてあげたいと強く思うようになった。

（……真昼じゃなきゃ、駄目だ）

真昼が幸せになるというのなら、真昼を幸せにする人が自分でなくてもいいし、真昼が他の人を好きになってその人を選んだなら周は迷う事なく離れるだろう。

しかし、自分で幸せにしたいという気持ちも、譲れないという気持ちも、強くある。真昼が幸せそうに笑っていてくれたなら、それが周の幸せでもある、と断言出来た。

離したくないし、自分だけが本当の真昼を知っていればいい、という矛盾した気持ちも抱いていた。

それは執着と人によっては取るのかもしれない。真昼が居ないと駄目なのは、そういった人に言えない感情を胸の内に抱えてしまったからだろう。

綺麗だけではないが、ある意味では純粋である想い。心の中に確かにある、深く強い恋情に、周は正直振り回されていた。

「……もっと、積極的になれたら苦労しないんだけど」

思わず呟いた言葉は自然と自嘲の響きになっていて、周は小さく笑う。

この十六年間生きてきて初めて好きになって、自分の手で幸せにしたいと思った相手に、どうしていいのか分からない。

この年にもなって初恋がまだだったなんて他人が知ったらさぞ笑う事だろう。

臆病(おくびょう)で慎重な性格だと自覚しているし、女性へのアプローチのかけ方など知らない。その点が真昼の信頼を得るに至った性質でもあるし、そう簡単に変えられるものではないのだが、もう少し積極的になりたいと常々思っているのだ。

だからこそ、こうして勉強を頑張ったり運動に励むようにしたりして、自信をつけようとしているのだが。

そっと苦笑しながら、周は残っていた炒飯をかきこんだ。


食後一息ついた後、凝り固まった筋肉をストレッチでほぐしつつ、ついでに息抜きに軽い運動に行こうと決めて自室でランニングウェアに着替える。

一応ここ暫く机に向かっていたし、気分転換に体を動かすのは悪くないだろう。

ただ、体力はどちらかと言えばないので、後々の勉強分に余力を残しておかなければ夜爆睡しそうだ。

気を付けないと、と心に留めておきながら、周が玄関を出たところで、ちょうど玄関から出たらしい真昼と出くわした。

「あっ、周くん。……運動に行くのですか？」

格好で運動しに行くと気付いたらしく、ほんのりと微笑ましそうな眼差(まなざ)しを向けてくるので素直に頷く。問いかけて来た真昼は真昼で微妙に外行きの格好をしているので、出かけるところだったのだろう。

一瞬昨日の事を思い出して呻きそうになるものの、少し落ち着いたので目に見えてうろたえる事はない。

「まあ気分転換に。そういう真昼はどこか買い物?」

「はい。そういえば卵残り少なかったと思い出しまして。夕食にだし巻き卵作ろうかなと思ってます。明日テストですし、朝ごはんに残しておけば周くんが頑張る気力になるかなって……」

「マジで？　急に気力湧いてきた」

「現金ですねえ」

口元に手を添えて控えめに笑い声を上げる真昼に、周は「仕方ないだろ、真昼が作ったのが一番なんだから」と返して微妙に眉を寄せてみせる。

あくまでポーズだったので本当に不機嫌になった訳ではないと向こうも分かっていて、指の隙間から見える真昼の笑みは更に濃くなった。

「あ、そうだ。さっき卵最後の一個使ったしベーコンも使った。あと冷凍ご飯も消費したから」

「あら、自分でお昼ご飯作ったのですか？　えらいですね」

「……馬鹿にされてる気がする。俺、真昼が居る時たまーにしてると思うんだけど」

流石に全て真昼に料理を任せっぱなしにするのも心苦しいので、普段から簡単な調理工程は手伝っているし、真昼の体調がなんとなく悪そうな時や疲れている時は、率先して周がキッチンに立つ。

　作れるものに限りはあるので予定していた献立からかなり離れる事にはなるが、見た目度外視で真昼に味は劣るがまあまあ食べられるものは作れるようになっている。

　なので、料理を作ったからとそこまで褒められるいわれはない。

「知ってますけど、周くんは自分一人の時にするなんてあんまりないでしょう？　自分一人なら面倒だし簡単に出来るものでいいやってインスタント選ぶ人ですよ、周くんは」

「うっ」

「多分素材と周くんのレパートリーから察するに炒飯あたり作ったと思うのですけど、ちゃんと作ったみたいでえらいなあって」

　性格や行動を見透かされてぐぬぬと言葉を詰まらせた周に、真昼は耐えきれなくなったのか「ふふふ」と声を上げて笑って、周の頭に手を伸ばす。

　ふわふわと軽く空気を挟むように髪を軽く撫で(な)て微笑ましそうに笑う真昼に、周はきゅっと唇を結んだ。

　嫌ではないし、むしろ嬉しいと思ってしまう辺り、本当に駄目になっている。

「……そろそろやめろ。もういい」

「あら、残念です。もっとしたかったのに」

そう言いつつあっさり離して穏やかな笑みを浮かべた真昼に、周は微妙に唇が山を大きくしつつあるのは自覚しつつ、そっぽを向く。

「……買うものって卵だけ？」

これ以上真昼に可愛（かわい）がられないように話を逸（そ）らす。

「そうですね、他の夕食の材料はありますし、買い足し忘れた卵と……あと牛乳くらいですかね？　すぐ帰る予定でしたし、そこのスーパーで買って帰ろうかな、と」

「分かった。じゃあ帰りがけに買ってくる」

買い出し以外に周が代理出来ないような買い物や用事がありそうなら真昼を引き留める事はなかったのだが、特にないなら真昼がわざわざ出かける手間をかける事もない。

どうせ周は外に出るのだし、真昼は家に居て好きな事をしてもらった方がいい。普段夕食作りをしてもらっているし時間を奪っているので、これくらいは周がした方がいいだろう。

「え、でも周くんの荷物に」

「帰りがけに買ってくるから大丈夫。そんなスーパー遠い訳じゃないし」

「お、お金とか」

「電子マネーカードあるから。残高も確認してる。スーパーなら領収書もらえるから食費折半云々は問題ない」

他にまだ何か？　と首を傾げると今度は真昼が口籠（くちご）る。

「……周くんに悪いです」

「俺がいいって言ってるし、どうせ出かけるついでだから」

仕返しと真昼の髪をくしゃりと撫でると、くすぐったそうに瞳を細めた真昼が見上げてくる。その眼差しはどこか嬉しそうで、周は触り方を間違えた訳ではなさそうだとひっそり安堵した。

「……じゃあ、お願いします。おうちで待ってます」

「どっちの？」

「どっちでしょうね？」

はにかみながら小首を傾げてみせた真昼は、そのまま持っていたらしい周の家の合鍵を使ってドアを開け、するりと隙間から身を滑らせる。

それが明確な答えだと示した真昼は、ひょっこりと合間から顔を出して、周に上目遣いで微笑んだ。

「行ってらっしゃい、周くん」

「……行ってきます」

最早どちらが家なのか分からない真昼にくすぐったさを覚えながら返せば、真昼は笑みを深めて周に手を振った。

軽いストレッチで筋肉をほぐした後小一時間ほど軽くジョギングをして、ゆっくりと体を冷ますついでのようにスーパーで買い物をして、帰宅する。

ジョギング中は余計な事を考えずに静かな気持ちで運動出来たからか、少し心の整理がついていた。

ひとまずは真昼の言葉に一々反応せずに済みそうなくらいには落ち着いたので、安堵しつつ自宅に戻ると、真昼がスリッパを控えめに鳴らしながら迎えに来る。

「お帰りなさい。一応お風呂(ふろ)にお湯張ってますけど、どうしますか？」

周の持っていた買い物袋をさり気なく周の手から抜きつつ準備万端な旨を伝えてくるので、周はつい真昼をジロジロと見てしまう。

樹(いつき)や優太(ゆうた)が散々新妻のようだと言うので、本当にそう見えてしまう。真昼本人にそういう意図はないだろうが、あまりにも甲斐甲斐しくて、傍(はた)から見たらそうなんだと思うと妙に気恥ずかしさを感じた。

「……周くん？」

「いや、なんでもない。ありがたく風呂に入らせてもらうよ」

真昼の不思議そうな瞳に曖昧(あいまい)に笑って、周は洗面所に立ち寄ってから入浴の準備を済ませに自室に向かう。

いつも通りの部屋着を取り出して風呂場に向かえば、真昼の宣言通り浴槽(よくそう)には湯が溜(た)まっていたし程よい浴室温度になっている。

準備のいい真昼にありがたいと真昼が居る方を軽く拝んでから、汗をシャワーで落としていく。

基本自堕落で面倒がりである周ではあるが、別に汚いのが得意という訳ではないし、風呂も好きな方だ。

体と頭髪の汚れを抜かりなくきっちりと洗い流してから浴槽に浸かると、脳の疲労も体の疲労も湯に溶けていくような錯覚を感じた。

実際はそんな事はないのだが、それなりに疲れていたからか、湯に浸かると気が抜けていくついでに疲れも溶けて行くように感じているのだろう。

熱すぎず、ほどよく温かいお湯に浸りながら、周は浴槽にもたれてそっと息を吐く。

それから、入浴剤も何も入れていない湯を通して自分の体を見て、その吐息をため息に変えた。

「……まだまだなんだよなあ」

本格的に運動を始めて間もないから当然といえば当然なのだが、低燃費な上元々ちょっとやそっとの事では肉のつかない体質の周は、全体的に体が薄い。

頼り甲斐のある男というイメージには程遠く、体型だけ見たらもやしと言って差し支えないだろう。

もう少し逞しくなって、ついでに見かけも整えられたら、とは思うのだ。

見かけについては生徒の目撃情報があるので外で迂闊に例の男のような姿にはなれないが、顔色とか肌艶くらいは改善のしようがあるとは思っている。

日頃から自分磨きを怠らない真昼はこういう事も周なんか目ではないほど気を使っているのだろうな、と思うと感服するばかりだ。

心地よい温もりと疲労のせいで若干眠気が思考を撫でる中考えて、深いため息を湯船に落とした。

その後、危うく浴槽に前のめりでもたれて湯船に浸かったままうとうとしてしまって、長湯に訝しんだ真昼に慌てて浴室の外から起こされる羽目になった。

「あのですねえ……危ないですからね？」

「迂闊で申し訳ありません」

ほんのりと赤らんだ顔ですごまれて、周は平謝りしか出来なかった。

その頰の赤らみは、怒りなのか微妙に様子見する時にちらりと浴室のドアを開けたらしく上半身を見てしまった事による羞恥なのか、分からないがとにかく心配によるものには違いない。

溺れるときは水深三十センチでも簡単に溺れるので、真昼の怒りもごもっともである。真昼が泳げない人間だから尚更不安だったようだ。

一応、弁明をするならば、意識はぼんやりとあった。

完全に寝ているというより本当に意識が眠りの海に足先をつけている程度のもので、体勢を崩して浴槽に体をぶつければ間違いなく覚醒した自信がある。

「……何でそんなに頑張っているのですか？」

失敗したな、とほんのり後悔している周に、真昼の訝しむ声が聞こえた。

声には不安が混じっていて、心配させてしまったのだと改めて突きつけられる。

「頑張る事自体は否定しませんけど、管理が出来ないのならもう少し頑張る事を控えるべきでは？」

「それはごもっともだよ。次からは、気を付ける」

「周くんは、どうしてそんなに」

「……ちゃんと、胸を張れる男になりたいからかな」

少し怒りながらも眉を下げて悲しむ真昼に、周は苦い笑みを浮かべて不安そうな眼差しを払拭するように頭を撫でる。

次はこんな失態は見せない、と誓いながら。

「もう少し自信が持てるようになれたらって思ってるから。勉強とか運動とか、そういう事から始めたいんだ。無理するつもりはないし、今回のは本当に俺が悪かった。次は自分の力量を弁えて努力するつもりだし、真昼に心配をかけないようにするよ」

「……そんなに急いでする事ですか？」

「急ぐ事ではないのかもしれないけど、頑張りたいから。……自分に、自信を持てるようになるために」

あくまで自分のために頑張っている、と撫でながら笑って告げる周に、真昼は周の瞳をじっと見つめて、それからため息をついた。

「……固い決意があるのは理解しました。それはそれとして、本当に気を付けてくれないとこちらとしてはひやひやするんですからね？」

「ごめんって」

「でも、周くんがそうやって頑張るところがきらきらしているから、それを私が損なっても駄目でしょう。見守ってますけど、邪魔はしないようにします」

「むしろ真昼は手伝ってる側だけどな。ご飯あたりは本当に助かってる。俺じゃ真昼ほど管理出来ないからさ」

「頑張るのは周くんですから、それくらいしかお手伝い出来ないってのが正確なものですけどね。……無理しない程度に頑張ってくださいね？」

「次は心配かけないようにするから」

流石に風呂で寝落ちはもうしないようにするつもりだし、迂闊な真似をして死の危機に瀕したくもない。

真昼を心配で泣かせたくもないし、自分で体調を管理して無理な努力をしないように心がけるつもりだ。

その辺り真昼は微妙に疑っているのかちゃんとしてくださいよ、的な眼差しを送ってきたので、周は安心させるように掌を優しく動かし続けて真昼を宥めた。

第7話　テスト後のひととき

二日かけて行われたテストが終わって、周は解放感を体いっぱいに感じていた。

どちらかと言えば普段の授業よりテストの方が机に向かっている時間が少なくて楽に感じる周ではあるが、今回は程よい緊張感があったお陰かちょっとしたプレッシャーを覚えていた。

前までそれなりに頑張ってそこそこにいい順位に居たが、今回はいつもより多めに学習時間を取って集中してテストに臨んだ。自分の努力を試されたという事に緊張こそしたが、終わった今は満足のいく手応えがあったと思っている。

真昼と一緒にテストの答え合わせを昨日の分はしたが、満点とはいかないがかなり良い点数が取れていそうに思える。今日の分はまた帰宅後にするだろうが、こちらも前回のテストより上手く解けた自信がある。

「あまねー、どうだった……?」

少しだらしないとは思うが椅子の背もたれに体重をかけて体を弛緩させて休憩を取っていると、微妙に気力が失われている千歳がよろよろと歩み寄ってくる。

心なしか顔に艶がないのは、そもそも千歳自身が勉強を得意としていない事によるものだろう。地頭は良いので、日頃の努力が足りていないだけと言えばそうなのだが。

「これといって分からないってやつはほぼなかったし、今回はよさそう」

「はえー、今回周真面目だったもんねえ。私の聞く？」

「やばかったけど赤点は何とか免れそう、だろ」

「よく分かったね」

「あんだけ教えといて赤点取られたらこっちが困るんだけど」

　真昼と周は樹や千歳、優太に比べたら余裕がある側の人間だったので千歳の勉強を見る事があり、赤点回避に専念してもらっていた。

　普段の授業態度と不真面目さがネックになっているだけで、基本的に頭の回転はいいし理解力も悪くないので、きちんと教えればちゃんと理解してくれる。

　それがテスト後も自分の肉として身についてくれるかどうかは、本人の復習と努力次第ではあるが。

「ダイジョーブダイジョーブ、今までにない出来だよ！」

「そりゃよかった。普段のお前の出来に問題がありそうな気がしなくもないが、問題ないなら良かった。学期末もがんばるんだぞ」

「うえぇ、テスト終わったのに次のテストの話しないでよ……気が滅入るじゃん……。今はこの解放感を楽しみたいの！　ねえいっくん」

「そうだそうだ、過ぎ去った時間も遥か先の時間も今は思いを馳せるべきじゃない」

周の後ろでぐったりしていた樹は、千歳の言葉にうんうんとしたり顔で頷いている。ちなみに樹は千歳より真面目で賢くはあるが、英語で死んでいたので気力が欠けていた。

「俺テストの答え合わせしたいんだけど」

「いやん！　オレ達にテストの事を思い出させないで！」

相当疲れているらしい樹と千歳がくっついて苦労を労り合う姿を見ながら「全然元気そうなんだけど」と小さく呟いて、視線をクラスに出来た人だかりの方に移す。

テストが終わって、真昼の下に生徒達が続々と集まるのは、テストの答え合わせをしているからだろう。

毎回テストではほぼほぼ正答している真昼の解答が見たいからと集まっていて、真昼は控えめな笑みでそれぞれの問題用紙を出して内容について会話していた。

流石にあの中に入る気はないので、家に帰ってからの答え合わせになる。

「……大変だなあ」

真昼、と名指しはしなかったが、誰だか分かったらしい。

樹も千歳も視線を滑らせて、にんまりと笑う。

「まあ、天使様は可愛くて賢くてモテモテだからな。引っ張りだこって訳だ」

「周もあの中に入ってくれば？」

「行く必要性が見当たらない」

「まあそうだよなあ」

　家に帰れば居るもんな、と言葉にはしていないが、そう続いたのは周でも分かった。声として出さなかったのはありがたいが、その分かってますよと言わんばかりのにまにました笑みは周の心をささくれ立たせるには十分だった。

　眉をひそめた周を更に笑う樹に眉間の皺が増えていくのだが、少しおかしそうに笑う声が聞こえて少しだけ顔に入った力を抜く。

「樹、からかい過ぎは藤宮が拗ねるよ」

「大丈夫大丈夫、周はこれくらいじゃ怒んないから」

「今からこめかみグリグリしようとしたところだったけどな」

「危なっ」

　仲裁に入るようにやってきた優太に少し毒気を抜かれて、周は肩を竦めて樹にお仕置きをするのはやめておいた。

「藤宮はテストの出来は……よさそうだね、その顔だと」

「まあ、程々によく出来たと思う。門脇は？」

「お陰様でこっちもいつもより得点取れてる気がするかな。後で答え合わせしてみないと分からないけど」

「そっか、よかったよかった」

土曜の勉強会は途中からゲーム大会になっていたためどうだったか不安だったのだが、優太の感じからして悪くはなかったようだ。

たまにはああして誰かと勉強するのもいいものだな、と思い返して少し柔らかい表情になる周に、樹は分かりやすく不満そうな顔をしている。

「なあ、周は優太に当たり柔らかくない？」

「お前自分の日頃の行い振り返れよ？」

「そう言いつつ愛されてるって、オレ、信じてるから」

「気味が悪い事言うな。俺は」

「そうだよなあ、周の愛する人はただ一人だもんなあ」

小声だったが余計な事を言ったので、周は指の関節を樹のこめかみに押し当てて軽く攻撃しておいた。

今回ばかりは樹が悪いと分かっているらしく、優太は笑っているだけで周を制止しようとはしていない。千歳に至っては「いっくんばかだなあ」と面白(おもしろ)がっている。

ぐりぐりとこめかみの辺りを強制的に捏(こ)ねられている樹は、痛くなさそうな顔でへらへらと笑う。

実際力を込めている訳ではないのでそう痛いものではないのだが、余裕ぶられるとほんのり苛立ってしまうのは仕方ないだろう。

「まあ藤宮は一途だからね。見てて分かる」

「門脇、お前まで……」

「俺は別に何に一途だともどういった風に一途だとも言ってないよ？」

爽やかさをバッチリと効かせた笑みに、周は何も言えなくなってそっぽを向いた。

周の態度が余程おかしかったのか、樹も千歳も優太も、どこか微笑ましそうに笑い声を上げた。周としては非常に恥ずかしいし唇を噛みつつ彼らから視線を逸らせば、ちょうど手すきになったらしい真昼と目が合って微笑まれる。

真昼に見られた、という事の方が恥ずかしくて呻くと、真昼が微笑みをたたえながら静かにこちらに近付いてくる。

「楽しそうですけど、何を話していたのですか？」

「んー？　周は可愛いなって話をしてたんだよ？」

「千歳、お前なあ」

「そういう話じゃん」

「大体俺をからかっているの間違いだろ」

「そうとも言う」

「やっぱりからかってんじゃねえか」

いい加減にしろよ、という鋭い眼差しを送っても本人はどこ吹く風なので、監督責任を問うべく樹の方を睨む。

「何でオレ睨むの」

「そもそもお前が事の発端でそういう事を言い出したからだろうが」

「……結局何の話をしていたのですか?」

「え、周は一途なピュアボーイという事を話してた」

千歳にはもう黙っていてほしかった。

「誰もピュア云々は言ってないだろうが。あとどこがピュアだどこが」

「え、もしかしてご自覚なさっていない……?」

唇をわななかせながらわざとらしく驚いたような顔を作っている樹を机の下で足蹴にしつつちらりと真昼を窺うと、真昼はいつもの微笑みに何やら考え込むように僅かに視線を上向かせていた。

「まあ、藤宮はストイックというか、真っ直ぐだなって話をしてたんだよ」

「なるほど。藤宮さんは一度決めたら頑張る方ですから。そういった点はすごく真っ直ぐですね。素敵な事だと思いますよ」

「ほんとにね。藤宮はそういうところに自信を持ってほしいんだけど」

「本当にそうですね」

二人して褒め殺しにかかってくるのが、非常に居たたまれなかった。

真昼と視線が合えば、穏やかな微笑みを向けられる。

それが気恥ずかしくてふいと目を逸らせば、クラスメイトたちが羨ましそうにこちらを見ていた。

注目先は周というより何故か意気投合したように周を褒める真昼と優太であって、ほっとしつつも微妙に複雑な気持ちがあった。

人気者二人が仲良さそうだと当然注目を浴びるのは仕方のない事であるが、ほんのり、羨ましいとも思ってしまった。こうして揃って注目を浴びても、違和感なく見られる事に。

「周、どうかしたか？　照れてる？」

「ちげーよ」

「はいはい照れ隠し照れ隠し。あ、まひるんこの後ここの五人でどっか遊びに行こーよ。折角集まったしテスト後の打ち上げ打ち上げ」

周の名状しがたい心境を華麗にスルーした千歳は、そのまま真昼へ遊びの誘いをかける。気負いもない軽いお誘いではあるが、真昼はいつもの天使スマイルを浮かべたまま「皆さんがよければ是非」と返す。

五人という事は自分も含まれているが、恐らく拒否権はないし拒否しない事を千歳も理解しているのだろう。

してやったりという笑顔を浮かべた千歳に、今度こそ目を逸らして流れのままに頷くのであった。

第8話　天使様からのご褒美

「なあ周、お前今回気合い入れすぎじゃね？」

テストの結果発表日、廊下の掲示板に貼り出された定期考査の順位を眺めて、樹はやや呆れたように呟く。

周は、勉強会の後もせっせと勉強に励みテストに挑んだ。単純に最初の目的である自分に誇れるように。

そして、艶っぽく囁かれた言葉を頭から追い出すために。

なるべくあの言葉と表情に思考を割くまいと勉強に集中した結果――今回の六位に繋がったのであろう。

「や、俺もここまで行くとは」

「頑張ったなー。自信持てたか？」

「……まあまあかな。これを繰り返し取ることが当たり前に出来るくらいじゃないと」

「ストイックなやつめ……」

一回取れたからと言って油断して落ちるなんて様は、真昼に見せたくない。この上位に居る事が恒常的になるようにしなければ意味がない。

　今後の大学受験も考えれば、これで満足して止めるなんて言語道断だ。

　大学受験は他校の学生も席争いに参加してくるのだから付け焼き刃でどうにかなるものではないので、今後に備えるという意味でも勉強には力を入れていきたいところだ。

　ちなみに真昼は今回も首位を独走している。流石には流石だが、常日頃から努力しているお陰なので、流石という言葉で片付けられるものでもない。

「藤宮さんは今回六位なんですね」

　後から見にきた真昼が周の名前に気付いたらしく、美しく微笑む。

　天使様モードの真昼に、周は動揺を表に出さないようにして軽く笑って見せる。

　周囲からちくちくと視線を感じるのだが、最早人前で話し掛けられるという事にも慣れつつあるので、あまり動揺せずに済んだ。視線の質に慣れるかと言えば否なのだが。

「みたいだな。よかったよかった」

「ふふ。頑張ってましたもんね。休み時間も勉強してましたし」

「……ああ」

「こんなに頑張ったなら自分にご褒美あげてもいいのでは？」

「そう、だな」

　ご褒美の存在を思い出して、何とも言えない気持ちになる。

膝枕耳掻きの約束があったのだ。頭から色々と追い出していたために普通に忘れていたが、十位以内に入ればしてくれるそうなのだ。

もちろん拒む事は出来るだろうが……好きな女の子に甘やかしてもらえる、という幸福を蹴る事なんて出来ようか。

「……そういう椎名も一位おめでとう。椎名こそ自分にご褒美与えるべきじゃないか？」

「そうですね。でも、自分を甘やかしすぎるのもよくないので」

「椎名は自分にストイックだからもう少し甘くしてもいいと思うけどな。まあ、俺がどうこう言える事じゃないけど」

そういえば自分はご褒美をもらう事になっていたが、真昼は何もないのでご褒美をあげるべきなのではないか、と思う。

かといって何をしてあげるべきなのかは分からないので、帰って真昼に聞いてみなければならない。

天使様の微笑みをたたえる真昼に、樹が小さく「お前なんか労ったら？」と告げる。

言われなくてもそうするつもりなので、今日帰宅したら聞いてみると心に誓った。

「え、私へのご褒美、ですか？」

帰ってエプロンを身に着け夕食の支度をしている真昼の背中に声をかければ、きょとんとした表情を浮かべて振り返ってくる。

周としてはおそらく夕食後に待っているご褒美やら先日の小悪魔の微笑を思い出して微妙に落ち着かないのだが、どうやら真昼はそれに気付いた様子はなくあくまで想定外という色で表情を染めている。

「別に欲しいものとかこれといってないですけど」

「してほしい事とか……」

「周くんにですか？　うーんそうですね、そこにある胡瓜（きゅうり）をスライサーで薄切りにしてほしいくらいですかね」

「そういうのじゃなくて。……いやないなら無理に言わなくても良いけどさあ」

欲がないというか本気に受け取ってない気がするものの、あまり押し付けてもよくないので軽く下がる。

別に真昼が要らないというならそれでいいが、何かしてほしい事があるなら周に出来る範囲で叶（かな）えるつもりなのだ。

とりあえず胡瓜をスライサーの餌食（えじき）にしてほしいらしいので、手を洗って用意してあったスライサーで薄く切っていくが、確実にこれは手伝いをしているだけである。

「それ塩揉（も）みしておいてください」

「あいよ。……ほんとにないのかよ」

「別に、私としては現状で満ち足りてますので。……そもそも、私の本当に叶えたい願いは、自分で叶えるものだと思ってますし」

「本当に叶えたい願い？」

「何だと思います？」

スライサーから顔を上げると、真昼が静かに唇に弧を描かせている。

その表情が一瞬先日の小悪魔めいた笑みに見えてしまって、どうしても直視出来ず胡瓜に視線を落とした。

「……わ、分からん」

「でしょう？　ですので、いいです。このままで、いいのです」

周の言葉に苦笑した気配があった。

それ以上は周に何も追及させないような空気を醸してまた調理に戻る真昼に、周はどうしていいのか分からずただ胡瓜を薄切りにし続けるしかなかった。


「じゃあどうぞ周くん」

夕食が終われば、ご褒美（生殺し）タイムが始まる。

当たり前のようにソファの端に座って膝（ひざ）をぽんぽんと叩きながら微笑みを向けられて、周は「うっ」と言葉を詰まらせる。

因みに、本日の真昼の服はショートパンツに黒タイツなので、布越しに膝枕は変わらないがその布が非常に薄くて感触もよく分かりやすいものだ。

おまけに、今日は帰宅して先にお風呂に入ったらしく、全体的にいい香りがしている。

この状況で膝枕からの耳掻きなんて、周的に自殺行為だろう。

「……いやあの」

「嫌なら別にしなくても良いですけど、周くんが望んだ事ですよ？」

「し、してほしくはあるけどな？　実際に目の当たりにすると尻込みするというか、その……は、恥ずかしいだろ？」

「じゃあ何でお願いしたのですか」

「そ、それはその、男心というかなんというか」

「その男心に従ってくれていいのですけど……頑張ったご褒美ですし。遠慮しなくていいのですよ？　たくさん甘やかしてあげますので」

再度膝をぽんぽんと叩く真昼に、周はごくりと生唾を飲み込んだ。

大分暖かくなってきたので、タイツは薄いものになっている。

ぴんと張ったタイツの布地からはうっすらと肌色が透けて見えて、何とも扇情的に見えてしまう。

タイツに覆われながらも、腿は周を誘うように無防備に滑らかな脚線美をさらしていた。

本人に全くそのつもりはないのだろうが、今日の真昼は周を殺しにかかっている。

本来ならばなんとか断って心臓と精神の安寧をはかるべきだったのだが、ご褒美という名目と周の男としての欲求が、死地に向かう後押しをしてしまっていた。

恐る恐る、真昼の横に座って、腿に頭を乗せる。

以前にも体験したが、やはり柔らかい。以前よりも隔てている布が薄いために、感触や温もりがよく伝わってきて、周の心臓を責め立てる。

どこを見ればいいのかと一応上を向ければ、真昼の笑みが見える。

ただ、その顔がやや隠れて見えるのは……道中に山があるからだろう。

五月というだけありやや気温も高くなってきたからか、真昼の着ているシャツも薄い。ついでにスタイルのよさを際立たせるように体のラインが分かるものだ。

布越しでも分かる、重力に従いつつも綺麗な形を保つそれに、周は上を向くのを止めた。このままだと周の羞恥心が爆発しそうだ。

「じゃあ、耳掻きしますね？」

周の内心の叫びなんて露知らず、真昼は何だかわくわくといった雰囲気と笑顔でそう宣言して、テーブルの上に置いてある耳掻きとティッシュに手を伸ばす。

側頭部に、何か柔らかいものが降ってきた。

（⁉）

言葉にならない悲鳴を内側で上げる周に、真昼が気付いた様子もない。すぐに耳掻きをとって体を起こしていた。

恐らく、真昼は気付いていない。周が、その柔らかな感触と質量を肌で味わったという事に。

心臓が騒ぎ立てる。

最早心の中は耳掻きどころの話ではないのだが、真昼が「じっとしててくださいね」なんてあやすような声で囁いて、周の頭を片手で軽く固定する。

耳の中を掃除するのだから動くな、という事なのだろうが、色々と転げ回りたい周は今ステイを強いられる事がきつい。

それでも暴れる訳にもいかないので大人しくしつつテーブルの側面をじっと見ていると、ゆっくりと耳の穴に硬いものが差し込まれる。

一瞬ぞくっとするのは、やはり皮膚の薄い場所は敏感になってしまうからだろう。

自分でやるとそう感じないのに真昼がすると妙な気持ちになるのは、恐らく自分の意思で出来ないからと……好きな女性にされている、という興奮がある。

真昼は性格的にも丁寧にするのは分かっているのだが、なんというか、優しく優しく耳を掃除されると、むず痒い。

心地好いと言い切るには少しもどかしさがあって、それでいて欲を駆り立てるような淡い気持ちよさがある。

少なくとも、このまま耳掻きをされる事に抵抗はないくらいには、何とも言えないよさがあった。

「痛くないですか?」

「ん……痛くないよ。気持ちいい」

「そうですか、よかった。これ、男の人のロマンらしいですけど……ロマンが満たされましたか?」

「……多分」

「周くんも男の子ですねえ」

「男以外の何があるんだよ」

男でなければこんなに内心で悶絶(もんぜつ)してないし柔らかさに興奮もしていない。好きな相手にこうも甘やかされて密着を許されるなんて、うろたえずにはいられないのだ。

「ふふ、周くんは紳士さんですから。あんまり興味ないのかと思って」

「仮に俺が紳士だとしても、言動と内心はまた別だろ。お前は気を付けろよ、男なんていい顔しておいて一人になったら襲いかかるもんだぞ」

「その理論でいくと周くんは男ではないですねえ」

へたれと言われた気がしてうぐと唇を噛(か)むが、真昼はそういう意図はないらしくのんびりと掃除を続けている。

「ほら周くん、逆向いてください。反対側したいので」

むっと眉を寄せつつも逆の耳を差し出すが、よく考えればお腹方向に顔を向けるという新たな苦行である。

下を向くとショートパンツとはいえ大惨事なので、大人しくお腹を見るしかない。

天国なのか地獄なのか分からなかった。

欲望に素直になれるなら恐らく天国なのだろうが、葛藤の中でもがく周としては、地獄の方に片足突っ込んでいるようなものである。

「……周くん、何かさっきからぷるぷるしてますけど……」

「気にしないでくれ」

この内心を話せる訳もない。そもそも、こんな事を言ってしまえば真昼に引かれる。

なので素直に耳掃除を受け入れて自分の欲求はひた隠しにするしかないのである。下心なく無邪気に甘やかしてくる天使様は末恐ろしいものであった。

真昼は周の態度に疑問を抱いていたようだが、周が真昼と視線を合わせないように真昼側を向いているので、追及を諦めて耳掃除に戻っている。

何とも言えない心地よさとくすぐったさを覚えつつ、周は瞳を閉じて終わるのを待つ。

目を開けると微妙に罪悪感があるので視界を閉ざしているのだが、これはこれで他の感覚が鋭敏になるため、真昼本来の甘い香りやシャンプーやボディーソープの香りも嗅ぎとってしまったり、膝の柔らかさを意識してしまって気が気でない。

この柔らかさを躊躇いなく堪能出来たなら、どれだけよかった事か。

「周くん、終わったら髪もふもふしていいですか」

「……好きにしてくれ」

すぐに逃げればこれ以上の葛藤を覚える事もなかったのだが、悲しい事に周も男で、膝枕を続けてもらえるなら続けてもらいたいと思ってしまうのである。

やめてほしいともっとやってほしいという葛藤に悩みつつ結局欲求に負けているので、自分は色々な意味で意志薄弱なのだと思い知らされた。

真昼は周の承諾に嬉しそうな気配を漂わせている。

「もう少しで終わりますからね」

そう言って丁寧に耳を掻いている真昼に、少しだけ「ああもう終わりか」と残念な気持ちになってしまって、また一人悶える事になっていた。

もちろん、顔や仕草には出さないが。

わずかなくすぐったさを含んだ甘い心地よさは、真昼が耳掻きの棒を抜いた事で終わる。

代わりに真昼の指が髪にするりと通るので、別の心地よさを覚えるのだが。

「はい、終わりましたよ」

子供をあやすような優しい手つきで髪をくしけずる真昼に、気恥ずかしさと身を委ねたい感覚を同時に覚えた。

どちらかと言えば後者が強い自分を理解して、声にならない呻きが口からこぼれそうだった。

真昼はご褒美という事でとことん甘やかすつもりなのだろうが、確実に駄目にされる。

宣言通り周をだめだめにする気満々な真昼に抗いたくても、心地よさがその気力すら根こそぎ奪ってしまうのだからどうしようもなかった。

（……駄目にされる……）

女性らしいよい香りと温もりをたっぷりと味わいながら優しい手付きで撫でられる、こう言うと大した事がなさそうだが、実際は堪らなく心地よいし幸福感を感じる。

こんな事を毎日されたら確実に駄目人間まっしぐらなくらいには、今の状況と体勢は色々な魅力に満ちていた。

はー、と息を吐いて体を弛緩させると、小さな笑い声が聞こえてくる。

「珍しく周くんはあまえんぼですね」

「……誰のせいだよ」

「私のせいですね」

真昼はくすくすと甘い笑い声を上げて、指の櫛を更に動かす。

「周くんは甘やかしたくなるというか、触りたくなります。周くんの髪は触り心地がよいんですよね」

「……そうか？」

「はい。さらさらつやつやです。何でこんなキューティクルばっちりなのか……」

「……母さんオススメのシャンプーだからかな」

志保子(しほこ)の「折角髪質がいいんだから傷ませるのはなしよ！」という全力押しで、今周が使っているシャンプーやリンスは美容院で使われるような髪に配慮したものになっている。

匂(にお)いも嫌いではないし髪を乾かした後の指通りのよさから使い続けていた。

「真昼こそすごくさらさらだよな」

亜麻色(あまいろ)のカーテンを一房手に取ると、自分のものより柔らかくて滑らかな手触りがした。

さらさらつやつやと言うなら彼女の方で、周とは比べ物にならない。真昼のはいつまでも触っていたくなるような手触りだし、香りも強すぎず淡くシャボンの香りがして、男的にはたまらない。

「頭撫でたりしてる時にいつも思ってるけど、すごい手入れに気を使ってそう」

「……まあ、手入れを怠った事はありません」

「だよなあ。つーか普段から勝手に触ってるけどさ、いいのか？　髪は女の命って言うし」

「……周くんに触られるのは、好きです」

顔を見せていなくてよかった、と思ったのは、真昼の言葉に表情が面妖(めんよう)な事になっていたからだろう。

羞恥、歓喜、混乱、狼狽(ろうばい)……自分でも言い表せないような様々なものが混ざり合って出来た表情は、恐らく見られてしまえば不審がられるものだ。

(そういう事を言うから調子に乗るんだぞ)

周は口には出せないまま、表情を元に戻そうと瞳を閉じたままため息をついた。


目を開けたら、真昼のシャツが目の前にあった。

どうやらまた寝てしまっていたらしい。あまりの心地よさと幸福感に意識を飛ばしていたらしいが、どれだけ寝ていたのか分からないので正直内心ひやひやしている。

髪を梳(す)く手は止まっていた。

恐る恐る体を起こすと、真昼はソファにもたれて寝息を立てている。

すぅ、すぅ、と穏やかな呼吸を繰り返している真昼に「無防備な」と呟きつつ時計を見て、頬(ほお)をひきつらせた。

もうあと一時間すれば日付変更だ。膝枕してもらったのが諸々の後片付けを済ませた二十一時過ぎだったので、約二時間ほど膝枕してもらっていた事になる。

真昼が寝ているのも、時間的な問題と身動きのとれなさからだろう。

周を起こすのは忍びないとそのままにしてうっかり寝入ってしまったに違いない。

男の家なのだからもう少し警戒してほしいが、そもそも膝で寝た自分にも責任がある。

どうしたものか、と真昼の寝顔を少し眺め、とりあえず先に風呂に入る事にした。

真昼は先に風呂に入ったらしいが、周は入っていない。

真昼を起こすにしても、今は寝かせておいてとりあえず入浴すればいい。もしかしたら、風呂に入っている間に真昼が起きるかもしれない。

そう決めて、周はそそくさと部屋に戻って着替えを持ってくる事にした。


風呂から上がった周はリビングを確認して、そっとため息をつく。

相変わらず、真昼は眠りの海にどっぷりと浸かっていて、ドライヤーの音にも起きなかったようだ。

「真昼、起きろ」

声をかけて軽く揺さぶってみるものの、起きる気配はない。本当に意識はないらしくずりずりと体が傾いでいくので、とりあえず真昼を支えておく。

ずっと膝枕させ続けて疲れたのかもしれないし、ただ眠くて寝たのかもしれない。とりあえず、彼女が起きそうにない事は分かった。

（なんか前もこんな事あったな）

確か年末だろう。うっかり寝た真昼に自分のベッドを貸した覚えがある。

今回もそのコースな気がした。

もう一度強く揺さぶって声をかけても、彼女は起きない。

小さく「ん」と甘い声が聞こえたが、これは声と言うよりは寝息に混じった喉の音に近い。

眠っている真昼が周を信頼して無防備な姿を見せるのは今に始まった事ではないのだが、それでいいのかと思わなくもなかった。

まったく、と悪態をつきつつ真昼の頬をつつくが、やはり起きそうにもない。返ってくるのは滑らかな肌触りとふにふにとした感触だけだ。

頬に手を添えながら同性も羨むようなやわもち肌を親指の腹でなぞり、ゆっくりと下に滑らせる。

微かに緩んだ唇に触れれば、頬よりも柔らかく瑞々しい感触が伝わってくる。舐めれば甘さを伝えてきそうな果実を思わせた。

無防備な今なら、その甘さを味わう事だって不可能ではない。極上の果実を口に出来るし、そのままより深く味わう事も出来るだろう。

それをしないのは、理性が歯止めをかけてくるのと、真昼に拒まれたら立ち直れないからだ。

その癖こうして触れる事だけはやめられないあたり自分は臆病なんだろうな、と周は自嘲して、美しい寝顔を惜しげもなく晒す真昼を眺める。

(人の気も知らないで)

あまりの油断っぷりにこちらがやきもきしているなんて、彼女は知らないだろう。

知らず知らずの内に大きな息を吐き出してしまった周は、変わらず無防備な寝顔を見せている真昼の頬を軽く撫でて、小さく笑う。

我ながら臆病でへたれで情けないと自覚しつつ、しかし自分のこういう面が真昼の信頼を勝ち取る要因なのだろう、とも自覚していた。

こんなに信頼してもらえているのなら、好きになってもらえているんじゃないか、とも思う。

しかし告白してもしもがあったら怖いなんて臆病な自分が居て、想いを告げる事をその恐れが阻んでいる。

「……好きって簡単に言えたら苦労しない」

小さく呟き、周は潤いに満ちた唇を親指の腹で優しく撫でてため息を落とす。

好きな女性がこうして周を信頼して無防備な状態で居る事は、嬉しいし愛しいと思えるが、ある種の苦行でもある。そろそろ真昼には周の葛藤を理解してもらわなくてはならない。

起きたら少しばかり咎めよう、と心に決めて、周は真昼の肩を摑んで揺さぶった。

「真昼、起きろ。もう帰る時間だぞ」

やや強めに揺すって、真昼の覚醒を促す。

可愛らしい寝顔はいつまでも見ていられるが、あまり見ているとどうにかしたくなってしまうし、このままでは周も寝られない。

一応何度か不本意ながら泊めた、というよりベッドを貸したが正しいが、この家で寝かせた事はあるので、最終手段として周の部屋で寝かせる事は出来る。

ただ、出来る事なら家に帰したい。真昼が周のベッドで寝た後は非常に甘くていい匂いがベッドから香ってしまうので、色々と困るのだ。

自分のベッドで寝る度に真昼の香りが抜けるまで悶々としてしまいそうなので、流石に避けたい。

その一心で真昼を揺すり柔らかな頰をぺちぺちと叩くと、ひどく緩慢な動作で長い睫毛(まつげ)を震わせながら瞼(まぶた)が持ち上がった。

ただ、奥から覗(のぞ)く鮮やかなカラメルの瞳は、どこか虚(うつ)ろといえばいいのか、焦点があっていない。どこを見ているのか分からない、とろみを帯びた瞳は、また気怠(けだる)げに瞼のカーテンの奥に隠れようとしていた。

「真昼、頼むから起きてくれ。家で寝るな」

「……んー」

「んーじゃなくてうんって言ってくれ」

「……うん……」

確実に分かっていなさそうなふにゃふにゃした声で返事をするので、周は頰を引きつらせながら脳が揺れない程度に揺さぶって必死に意識を目覚めへと導く。

その甲斐があってか、また瞳を見せてくれたが――今度は、前に居た周の胸にもたれて、もぞもぞと顔をうずめた。

小さくくぐもった声で「いいにおい」と呟いて頬擦りしてくる真昼に、周は呻き声を堪えきれず震えながら喉の奥から声を絞り出す。

（ほんっとうに、この子は）

最早わざとなんじゃないかというくらいに無防備のゆるゆるな姿に、引き剝がすに引き剝がせない。むしろこのまま腕の中に収めて可愛がりたいという欲求すらあるので、早急に離して壁に頭を打ち付けた方がいいのかもしれない。

きゅっと唇を嚙みながら肩を摑んでゆっくりと体から離すと、真昼はぼやーっとした覇気のない瞳で虚ろにこちらを見る。

「真昼、もう遅いから帰ろうか。明日は普通授業だからな、寝坊したら大変だし。家の前まで送るから」

といっても隣なのだが、真昼があまりにも眠たげで力が抜けた状態なのでリビングで別れるのが不安だった。

真昼は分かっているのかいないのか「おやすみなひゃい……」と気の抜けた声を上げてふらりと立ち上がった、はよいものの、そのまま床に崩れ落ちそうになって周が慌てて支える羽目になった。

テストで疲れている上にずっと膝枕をしてもらっていて、体的にも負担がかかっているのだろう。眠気が駄目押しして、立っていられそうにない状況になっていた。

（……仕方ない）

恐らく肩を貸して家の前まで送ったところで、真昼の自宅内ですっ転ぶだろうという確信があった。

そっとため息をついて、周はこちらに身を委ねてる真昼の顔を覗き込む。

「真昼。もう限界そうだから真昼の家の部屋まで連れてくけど、鍵借りていい？　部屋に入る事になるけど」

本当は女性の家に上がり込むのはよろしくないし、真昼がこんな正常な判断が出来ない状況で問い掛けるのもよろしくない。

しかし何度か経験があるとはいえ男の家に泊めるのと、自宅に送るのはどちらがいいかといったら、恐らく後者だろう。真昼も家の方が安心して寝られるだろうし、周の慣れないベッドと枕で寝るよりは、自分のベッドの方が余程いい筈だ。

起きているからこそ許可が取れるので、ギリギリのところで周は自分の女性の家に入るという罪悪感を受け入れられていた。

問いかけに、真昼はゆるりと頷く。

首肯を確認した周は、なるべく体に触れないようにして真昼のショートパンツのポケットから鍵を取り出して、真昼を横抱きにする。

限界まで眠たいらしい真昼は、周に身を預けてまた半分寝かかっている。早く家に帰さないと腕の中で寝入ってしまいそうだ。

なるべく音を立てないようにして玄関を出て、真昼の家の前に立ち、真昼を抱えたまま上手く解錠してゆっくりと真昼の家に入る。

「……お邪魔します」

中は、当たり前と言えば当たり前なのだが、間取りは一緒だった。部屋が何処にあるかは分かる。

ただ、入った時から自分の家と同じ間取りな筈なのにどきどきしてしまう。自分の家のものとは違う、甘さと爽やかさが混ざったような香りが身を包んだからだろうか。

几帳面で綺麗好きな性格が出ていて、フローリングはぴかぴかに磨かれているし見える範囲ではこれといった汚れもない。壁に沿うように置かれたシューズボックスには鏡や花が置かれており、落ち着きながらもどこか明るく華やかな雰囲気を醸し出している。

奥に続くリビングもちらりと見た感じナチュラルカラーの床に合わせた優しい白と薄青を基調とした、清潔で明るい家具でまとめられていて、本人のセンスが窺えた。

ただ、どこか生活感のないようにも見えてしまう。あまり住んでいるような気配がしない、と言えばいいのか。

実際最近では学校と入浴睡眠以外は周の家に居るようなものなので、ある意味住んでないに近い状態になっているのかもしれない。

そんな感想を抱きながら、周はそっと寝室と思わしき部屋の扉を開いて足を踏み入れる。

女の子の部屋、というものは生まれて初めて入ったのだが、これが基準になると世の女子が怒りそうだな、というくらいには綺麗な部屋だった。

こちらもリビングと同様白と薄青を基調にしているが、リビングよりも華やかさがある。清楚かつ上品、といった言葉が似合う部屋だ。

ただ、ちらっと見たリビングよりも生活感や本人の個性が出ているな、とも思う。

目に見えるところに不要な物を置かないようにしているのかあまり物が置かれている印象がないが、机の上には参考書や料理本の他に周が贈ったゲームセンターでゲットしたぬいぐるみが置かれている。

そして、以前誕生日に渡したくまのぬいぐるみは、あの時の清潔さをそのままに、ベッドの枕元にちょこんと置かれていた。

変わっている事といえば、元々ついていたリボンの影に隠れるように、紺色のリボンがひっそりと結ばれている事くらいだろうか。

大切にしている、とは聞いていたが、こうして枕元に置いてくれているのだと実感して、自然と頬が熱くなった。

毎晩一緒に寝ているところを想像すると、のたうちまわりたくなる。

頰の内側を噛んで必死に堪えつつ、周はそうっと真昼をベッドに横たえて、ブランケットをかける。今日真昼がショートパンツにタイツだった事を今更のように感謝した。

体が沈み込む感覚に気付いたのか、半分以上の割合で寝ていた真昼が、僅かに目を開く。

しょぼしょぼとした瞳なのは分かりきっていたのでつい笑ってしまいつつ、周は床に膝をついてベッドに横になった真昼の頭を優しく掌で撫でる。

「もう家だ。鍵は返すから安心してくれ」

今日は散々触られたので少しくらいいいだろう、と顔に流れた髪を掬いとって退けつつ柔らかい頰をつつくと、くすぐったそうなへにゃっと普段の何倍も緩い笑みが浮かんだ。

そのまま、とろとろとふやけ溶けきった眼差しで、隣をぽすぽすと叩く。

「……あまねくんも」

周くんも、の続きが何なのか考えて、それから固まる。

ここに寝ろ、そう言いたいのだろう。恐らく抱き枕になれ、という事だ。

(……他意はない。他意はない)

そう言い聞かせて一瞬誘惑に迷いそうになった自分の欲望を内心で張り倒す。

このままゆるゆるでいたら真昼がとんでもない事を言いそうで、焦りつつ子供を寝かしつけるように優しく優しく頭を撫でて眠りに誘う。

「俺は家に帰るから。な?」

「……や」

「女の子の部屋に長居する訳にはいかないから。起きたら真昼絶対に後悔するから。俺を枕で叩いてくるの見えてるから」

もしも、周がこのベッドで添い寝をする事になったら確実に一睡も出来ないし、起きたら真昼が混乱して真っ赤になった後照れ隠しに枕でぽこすかと叩いてくるのは見えている。

そこから口をきいてくれなくなるのも予想出来るので、周の理性と翌日の空気のためにもここは全力で退かなくてはならない。

うとうととしたままの真昼は、周の必死の宥めと眠気から抵抗しているようだ。

こうなったら、と側のくまさんを摑んで、真昼の顔に押し当てる。

「俺の代わりにこいつが寝てくれるそうなので、安心しておやすみ」

抱き締めて一緒に寝ているらしいので、くまのぬいぐるみに寝かしつけてもらう事にした。

柔らかい髪を指で梳いて耳元で優しく優しく囁くと、真昼は可愛らしい声で唸りつつ、眼前にあるくまのぬいぐるみを抱え込んだ。

その姿は普段のしっかりした真昼からは考えられない程あどけなく、撫で回したくなるくらいに可愛らしい。

スマホが手元にあったら無意識に写真を撮りそうなくらいに愛らしく、自宅の鍵以外持っていない事に安堵した。勝手に女の子の寝顔を撮るなんて失礼だし、変態的な思考だろう。

ようやく長い睫毛に縁取られた瞼が瞳を全て隠し、安らかな寝息を立て始めたところで、周は真昼を起こさないようにそっとため息をつく。

（……油断しすぎて怖い）

周相手だからこそこんなにも無防備で信頼に満ちた甘え方をするのだろうが、好きな女の子にここまで委ねられ油断されるのは、辛いものがある。

よく耐えた、と自分で自分を褒めつつ、周は音を立てないようにして部屋を出て、そのまま真昼の家から出る。

今日は、眠りに就くまでにかなり時間がかかりそうだった。

「お、おはようございます……」

「お、おはよう……」

翌朝、二人して気まずい顔で顔を合わせるのは、必然の流れだった。

普段は学校のある日に朝からくるなんて今までほとんどなかったのだが、流石に昨日の事があったので何か言いに来たようだった。

周としては、昨日のご褒美と真昼のうたた寝事件で寝付きが悪かったので、朝からいきなり来られると心臓に悪い。

心地の良い膝枕の感触、最中頭に降ってきたふくよかな果実の香りや柔らかさを思い出し、許可を取ったとはいえほぼ勝手に入ったに近い真昼の部屋が脳裏に浮かび、そこからあどけない寝顔や可愛らしいおねだりがフラッシュバックする。

更にくまを抱きしめた姿の愛らしさを思い出して、ベッドをのたうち回る事何十回。悶えに悶えてようやく寝る事が出来たと思ったらすぐに朝が来てアラームに起こされ、寝不足といった状態で今に至るのだ。

逆に真昼はよく寝たのかすっきりとした顔で肌の色艶もよい。ただひたすらに気恥ずかしさを押し隠しているようなもじもじとした落ち着かない様子、というだけで。

朝ご飯を食べようとしていたところで真昼が襲来してきたので固まっていた周は、どこに視線を向ければいいか悩んだ。

ご褒美が効きすぎていて、その感触を知ってしまったからには直視しづらい。おまけに真昼が気付いていないので、羞恥に加えて罪悪感も胸に降り積もっていた。

「……あ、朝からどうしたんだ。ああいや、鍵を受け取りに来たんだよな。持って帰ってしまって悪かった」

「え、いやその……それは、そうですけど、そうじゃなくて」

いくらかなり親しいとはいえ、女性の家の鍵を持って帰るのは悪かった。そもそも、やむを得なかったとはいえ家に足を踏み入れた事自体悪かったし反省している。

（……やっぱり、部屋を見られるのは嫌だよな）

　こちら視点ではとても綺麗に整頓されていて調和の取れた部屋という感想が浮かんだのだが、自分の意識がほとんどない内に不躾に部屋を見られたとあれば思う事はあるだろう。

　仮に下着とかが室内で干されていたのを見たら、恐らく真昼はしばらく目も合わせてくれないし口もきいてくれないと確信していた。

　幸いそういったものは見当たらなかったが、あったら周も居たたまれなすぎてしばらく避ける自信がある。

「そ、その、一つ聞いていいですか？」

「うん」

「……っ、机の上に、写真立て、あったと思うんですけど……」

「写真立て？」

　あまり部屋をジロジロ見るのは失礼なので軽く見た程度だったが、写真立ては特に記憶にない。真昼が言うからには恐らく雑貨として置いてあったのであろう。

　記憶を探っても残っていなかったので、スルーしていた、という事になる。

「いや、見てないけど……なんかあったのか？　もしかしてぶつかって壊したりしてたか？」

「ち、違います！　み、見てないならいいのです……見てないなら」

　何か見られたくないものを写真立てに飾っていたらしい真昼に、逆にそんなに安堵されるなら見ておきたかったものの、プライバシーの問題があるので流石に口には出来ない。

露骨に安堵した真昼に、周は頰をかく。

「部屋はあんまり見ないようにはしたぞ？　見たのは、俺があげたぬいぐるみが勢揃いしてるところとか、真昼が抱えて寝ているらしい枕元のくまのぬいぐるみとか……」

「余計な事は忘れてください！」

ぺちぺちと周の腕をやんわりはたく真昼に「いや真昼が前に言った事だし……」と思わず返してしまって睨まれる。

「もしかして、ぬいぐるみ抱きしめていたのって」

「……真昼が寝ぼけたあまり添い寝を要求してくるから、流石に無理だし代わりに寝てもらったというか」

「添い寝⁉」

自分で自分の発言を疑っているのか衝撃を受けた顔で、次第に顔全体が赤らんで来る。

(そりゃ寝ぼけてあんな事言ったとか信じたくないだろうけど)

「わ、私そんな事を言ったのですか⁉」

「い、言ったというか、俺を呼んで隣を叩いてたから……ここで寝ろっていう要求なのかなって……」

「あああ」

頰を押さえて悲壮な声をあげる真昼は、顔を真っ赤にしているが泣きそうに瞳を揺らしてい

る。

「ち、違うのです、普段そんな事を思ったりはして……な、ないです！　ただ、その、あの、……周くん、の、側は、おちつくから……別にそういった欲求があるとかではなく……ひ、人肌を求めた的なあれがそれでそうなんです」

「どういう事？」

「深く聞かないでください！」

本当に珍しく声を荒らげた真昼がそっぽを向いてぜえはあと呼吸を繰り返しているので、逆に周の方は落ち着いていた。

「ま、まあよく分からんが深くは聞かないけど、今度から気をつけてくれよ。寝ぼけていたとはいえ一応真昼の許可を取れたから部屋に連れて行ったけど、起きないと俺の部屋に寝かせる事になるから」

「……それはそれで」

「なんて？」

「なんでもないです」

小声で何か言ったようなのだが、真昼の呟きを聞き取れなかったので、何を言ったのかまでは分からなかった。

恐らくではあるが、真昼も周に聞かせるつもりで口にした訳ではないだろう。

「とにかく、俺もいくら真昼と気心の知れた仲だからって、ほいほい泊める訳にはいかないのは分かってくれ。次やったら本当に抱き枕にして寝るからな」

寝ると言いつつその夜は確実に寝られないのは分かっているのだが、こうして注意しておかないと真昼は油断する。

信頼出来る人が少ない分、その信頼している相手にはゆるゆるな姿を見せるので、気を付けてほしいものだった。

周のやや咎めるような口調に、真昼は大きく瞬きをした後、淡く笑みを浮かべる。

「そういう周くんこそ私の膝の上でやすやすと眠り過ぎなのでは？　膝枕した二回とも寝てますよ？」

「そっ、それは、また別の話だろ。異性の前で男が寝るのと女が寝るのは訳が違うし、危険性はないだろ」

「……私が何かしないとも限らないのに？」

「何かするのかよ」

「そうですね、悪戯(いたずら)して写真でも撮っちゃいましょうかね」

これでどうだ、と言わんばかりの真昼に力が抜けてしまうのだが、真昼は気付いた様子がない。

「……別にいいけど、検閲するからな」

「……気付かれる前にクラウドに保存して端末から消しておきます」

「普通にやりそうで怖いからやめろ。あと、俺の何かするると真昼の何かするは違うから、本当に気をつけてくれ」

絶対に分かってない、と肩を掴んで真面目に言葉をかけるのだが、真昼は驚きこそしたものの逃げはしないし、目を逸らしたりもしない。

「ちゃんと分かってますから、大丈夫ですよ」

「分かってない、絶対に」

「分かってますって、失礼な。私を舐め過ぎだと思うのですけど」

「分かってたら普通しないんだよ」

「……周くんはまだまだですね」

何故か呆れられたので眉を寄せるが、真昼はそっとため息をついて周の手からすり抜けて、廊下に向かった。

その手には、いつの間にか回収したらしい真昼の家の鍵がある。玄関のシューズボックスの上にあったトレイに置いていたのを見つけたのだろう。

「周くんは、もう少し考えた方がいいですよ」

自分に返っていきそうな台詞を口にして周の家から姿を消した真昼には、周は額を押さえつつ「分かってないのはどっちだよ」と呟いた。

第9話　天使様の新たな装い

テストも終わり五月の半ばがやってきた。

柔らかい日差し(ひざ)しで春を感じさせていた太陽はやや日差しの強さを増しており、長袖(ながそで)で居るのにはややきつくなるような、そんな季節になりつつあった。

一応五月に入って衣替え(ころもが)え期間ではあったのだが、半袖(はんそで)シャツと夏用のスラックスを出すという作業が面倒で周(あまね)は後回しにしていた。

しかし、いくら周達の学校の空調設備が完全に整っていても、登下校や教室から一歩外に出れば暑いと感じだす時期である。そろそろ夏服を出す時だろう、という判断が周の中でくだされていた。

「そろそろ半袖にしたい時期ですもんね」

明日くらいには着ようとクローゼットの奥に仕舞っていた衣装ケースから夏服を取り出して洗濯機を回していると、その様子を見ていたらしい真昼(まひる)が納得したように頷(うなず)いた。

ちなみに真昼もまだ長袖でタイツまでしっかりと身に着けた、余計な露出を防いだ格好である。

　ブレザーを脱いで中に身に着けていたセーターをベストに変えているが、素肌が殆ど隠れている格好を見ると、暑くないのかと心配になるくらいだ。

「最近は少し汗ばみを感じる季節になってきましたから、そろそろ私も長袖を卒業する頃でしょうか。暑かったんですよね」

「真昼は服を緩めたりしないもんな。きっちりボタン留めてるし腕まくりしないし常時タイツだから……」

「露出するとどうしても視線が気になるんですよね。着けざるを得ないというか……自己防衛ですから」

　非常にスタイルがよく顔も大抵の人が美人だと断言するような美貌の持ち主である真昼は、視線によく悩まされている。

　どうしても目を惹くし、不埒な視線も受けやすい。男が魅力的な女性を自然と見てしまう事は分からなくもないが、性的な目で見られる真昼からしたらたまったものではないだろう。

「夏場はどう着こなそうか悩みますね。去年はかなり薄めの黒ストッキングを履いていましたけど、暑いものは暑いですから」

「そりゃそうだろうよ。女子って男子より服身に着ける枚数違って暑そうなんだよなあ……」

「まあ身を守るためなら多少の暑さくらい耐えるのですけど……蒸れ問題は切実なんですよねえ」

　これだから夏は嫌なのです、とため息をついた真昼になんで返すべきか迷って結局黙るのだが、真昼は気にした様子もなく視線を洗濯機に滑らせた。

「周くんは明日から夏服ですか？」

「まあそろそろ変えようかなって。暑いし……」

「そうですか。私もそろそろ変えようかなって思うのですけど、学校に行く前に一度着てみてチェックが必要そうなんですよね。一応、体型は年中一定なんですけど……」

　真昼は体型維持に非常に気を使っているそうなので、自分のベストの体型から崩れる事はない、というよりさせないそうだ。

　その強い意思と管理能力に脱帽しつつ、自分も真昼ほど厳密にとはいかないが理想体型まで持っていって維持出来たら、と思う。まず理想体型になるところから始めるのだが。

「俺も一度着ておかないと不味いかもな。入学当初よりちょっと背が伸びたし、合わなかったら購買で買う必要あるから」

　夏服は高校入学前に買ったものなので、二年生になった今少し丈が合わないかもしれない。一年の夏に着た時は平気だったし冬服も問題なく着られたのだが、丈を長めにしているとはいえ少し短くなったのは感じていた。

　入学時より五センチ以上伸びているので、もしかしたら、というのはあるだろう。

　洗って乾かしたら着てみよう、と思いながら鈍い駆動音を立てる洗濯機を眺めていると、隣に居た真昼がじっと周を見上げる。

「……周くんって割と背が高いですよね」

「まあ、平均よりは高いと思う」

見上げる真昼とは、頭一つ程身長差がある。平均的な成人男性の身長より握り拳一つ分以上は高いので、背が高いと言われれば頷けるだろう。

ちなみに真昼は小柄ではあるが、極端に小さいという訳ではなく、平均の範疇だ。真昼と出会った時より少しだけ目線が上がっているので、改めて自分の背が伸びていた事を思い知らせてくれた。

普段は真昼の首に負担がかからないように少し距離を置いて話すのだが、最近の真昼は触れるほど側にくる事が多いので、若干真昼の首が心配になっていた。

肝心の真昼は、そんな心配は今のところ必要なさそうで、周の体つきを見てほんのりと眉を寄せる。

「……その割に軽いので心配してるのですけど」

「だから運動して筋肉付けられるよう鍛えているっていうか、そもそも何で真昼が俺の体重知ってるんだよ」

「休みの日に遅く起きた周くんが洗面所で測ってるのを見かけたからですけど。寝ぼけていた周くんを洗面所に押したの私ですからね」

そう言われると何も言えないので黙るしかないのだが、真昼は全く、といった呆れ混じりの眼差しを見せている。

「努力してるみたいですしそれは私も見守ってますけど、周くんはもうちょっと運動した後食べないと駄目ですからね。細くて心配になりますし、食事が体を作るのですからね？　運動するなら事前に言ってくれたらメニュー変えますから」

「ほんとお手数をおかけしてるというか……感謝してる。それはそれとして、真昼こそ細くて折れそうで心配だからもっと食べてくれ」

勿論真昼のお陰で食事に困っていないし感謝している。筋トレ向けの追加ご飯も用意してくれて、真昼様々だ。

ただ、周としてはそういう真昼こそもっと食べるべきなのではないか、と思う。服越しでも分かる華奢さは、時々触っただけで折れてしまうのではないかとひやひやするほどだ。

見ている限り元々そこまで食べる訳でもないからこそ体型管理がしやすいのかもしれないが、こんなに細いと心配になってしまう。

滅茶苦茶細いよな、としっかりくびれのある腹部を摑むと、本当に無駄のない体なのだと思い知るのだが……真昼の口から「ひゃっ」といった上擦った声が聞こえた事で、その思考は中断された。

「……あ、ご、ごめん」

「い、いいです。いいですけど、女の子のお腹はあまり触られると……コンプレックスに思ってる子も居ますからね？」

「ほんとごめん。ナチュラルに触ってごめん。女の子の体に勝手に触るとかセクハラだよな、ごめんな……」

「いやそこまで言わなくても……」

仲がいいとはいえ男女なので、普段からあまり積極的な触れ合いをしないように気を付けているのに素で真昼の腰を掴んでしまった。

頭とか手とか肩ではなく、他人が触れないようなお腹を。

あまりの細さに内臓がどう格納されているのか心配になったが、それよりも勝手に触れてしまった事を後悔していた。

「別にそこまで気にしている訳でもありませんから。周くんは私以外にこういう事をしないでしょう？」

「そもそもこういうやり取りを真昼以外にしないし、他に女子と接する機会がない。仲良くない女子に勝手に触れる訳がないだろ」

あるとしたら千歳くらいだが、千歳は細いがどちらかと言えば健康的でアスリート体型の引き締まった細さなので、美の追求といった感じの真昼とはまた違う。

そもそもな問題として、当たり前ではあるが千歳の体に触るという事自体起こらない。頭を軽くはたく程度なら全くないとは言わないが、不躾に触るような真似はしないししようとは思わない。

「それならいいのです」

周の答えに満足そうに頷いた真昼は、仕返し代わりなのか周のお腹に「えい」といって掌を置いて服の上からお触りしている。

真昼のお腹を触った手前咎めるつもりはないが、あまり触られるとくすぐったいし、自分の体つきが恥ずかしくなる。

食生活が改善されて真昼と出会う前に比べたら健康的な体つきにはなっているが、周の理想とする筋肉の身に付き方には程遠い。

真昼に細くて心配になると言われた事が地味にショックなので、もっと体に筋肉としてつくように食べて運動していかなければならないだろう。

「……真昼は、もう少し逞しい方がいいと思ってるのか？」

「逞しい方がいいというか、体型はどちらの性別でも健康的な方が基本的には望ましいと思いますよ。あと、押し付けるつもりは一切ない女性側のすごく個人的な意見ですけど、細すぎる殿方と女性が並んだ時に女性側が気後れする可能性があるので、ガリガリって感じよりは中肉中背の方がいいかなと」

「そうか……」

「あ、周くんは別に……細すぎる、とまではいきませんからね？　でも、もう少し食べた方が、健康的かなと。高校生男子の割にはあまり食べるタイプではないですし。そういう周くんこそ、その、女の子は……細い方がいいのですか」

「女の子の体格に口出ししてもロクな事はないぞ」

思わず即座に真顔で答えてしまったのだが、これは男子が共通で持っておく認識だと周としては思っている。

両親共に「口に出すと下手したら血を見る」と口を揃えて言っていたので、周も誰かに向かって体型がどうとか言うのは極力避けていた。

きっぱりと言い切った周に真昼も「ああ……」と納得したように視線をどこか遠いところに向けたので、女子の方でも思う事はあるのだろう。

「まあ、程々がいいんじゃないのか。細すぎると成長不良か栄養不足を心配するし。適度に筋肉と脂肪が付いている方が見ていて安心する」

「……それは男目線というか保護者目線では？」

「真昼が言えた義理かよ」

「それはそうですけど」

真昼もどちらかといえばおかん目線な物言いなので、周の事を保護者目線がどうこういってもあまり説得力がない気がする。

「心配しなくても、真昼はダイエットする必要はないと思うぞ」

「本当ですか？」

「それ以上どこの肉を削るんだ。自分で理想体型になって維持してるんだろ？　他人が文句つける事じゃないし、真昼が一番自信を持てる姿でいるのがいいと思う。……俺としては、細すぎると不安になるからそのままの真昼で居てくれたら、とは思ってるけど」

　現状かなり細い真昼がこれ以上細くなったら心配になるので、真昼が今の体型でいいと思ってるならそれで十分だと思っている。これ以上細くなりたいなら、流石に止めるが。

「勿論体型を維持するのは難しいと分かってるから、不健康にならないでいてくれたらそれでいいと思う」

「……はい」

　こくりと頷いた真昼に合わせたように、回り続けていた洗濯機ががたんと強く震えた。


「おはようございます」

　翌朝、周が起きて部屋から出ると、真昼が居た。

　一度振り返って寝室の時計を見るが、朝の準備の時間であり、まだまだ家を出る時間帯ではない。

　普段真昼が朝の時間帯に家を訪れる事なんて数回。基本的にはないと言ってもいい事なので、周は寝起きの頭で混乱していた。

「……おはよう?」

合鍵を持っているし好きに入ればいいとは言っていたが、朝から出会うとは思っていなかった。

困惑しながら疑問系で朝の挨拶を返すと、真昼は穏やかな笑みを浮かべる。

「その、朝から不躾だとは重々承知しているのですが……家を出る前に、確認してもらおうかなと思って」

「確認?」

そこで改めて真昼を見て、いつもより肌色の面積が多い事に気付いた。

「衣替えしましたけど、おかしいところはありませんか?」

「ああ夏服、……あー、いや、その」

「はい」

「……生足は良くないと思い、ます」

夏服は確かに袖が半袖になるので露出も増えるのだが、今回はそういう次元の問題ではない。

視線を落とせば、真っ白な太腿がスカートから覗いていた。

制服は勿論私服でも丈の長いスカートやタイツを身に着けているので普段本当に目にする事がない、素足が見えている。

　校則は守っているので極端に短いものではないし下着は見えないような長さなのだが、それでも露わになる事がほとんどなかった素足が空気に晒されているので、周は分かりやすくうろたえて視線を泳がせてしまった。

「学校ではタイツ履いてる女子の方が少数派ですが」

「そうだけどさ、ま、真昼はよくないと思う。よくない」

「それは素足が見るに堪えないという事ですか」

「そうじゃなくて、無闇やたらに見せるべきじゃないというか。だ、男子達がうるさくなるし、ジロジロ見るだろうし、よくないと、思う」

　そもそも昨日の話では黒ストッキングを履こうかな、という話をしていたので、まさか防具なしにやってくるとは思ってもみなかった。

　あまりに白さが眩しすぎて、直視出来ない。

「周くんはジロジロ見ないのですか？」

「不躾にも程があるだろうが！」

「足を挫いた時は見ましたよね」

「下心は一切なかったし非常事態だったし膝にブレザーをかけていただろう！」

　確かにしゃがんで素足を見はしたが、見えないようにきっちりとブレザーをかけていたし、変なところを見ないように足首の手当に専念していたので、真昼の足を眺めたりなどしていない。不躾にも程があると周も分かっていた。

「じゃあ今は下心があるのですか?」

「……ない」

「その言い淀み方、気になります」

「ない!」

「そんなムキにならなくても。からかい過ぎてごめんなさい。周くんが不埒な目で見ていない事くらい最初から存じてますよ。ただ目のやり場に困ってるだけって事も」

「分かってるならこの問答要らなかっただろう……」

「いえ、私としては必要でしたよ。ドキドキしていただけて何よりです」

「心臓に悪いという意味でだろこれ」

どうやら真昼は朝からドッキリを敢行したかったらしい。

まんまと真昼の思惑に躍らされてしまった事を痛感しつつ恨みがましげに真昼を見るのだが、悪戯(いたずら)犯の真昼は上品さを残したおかしそうな微笑み方で周を見ている。

「安心してください、ストッキングはちゃんと持ってきていますので。元々履くつもりでしたよ」

「お前なあ」

絶対からかうためだけにきたな、と悟った周は軽く呻(うめ)いて、それから少しばかり仕返しをするべく楽しそうに揺れる真昼のカラメル色の瞳を見つめる。

「……俺にになら見られてよかったのか？」

「え？」

意表をつかれたのか、瞠目した真昼から視線を離さずに、続ける。

「わざわざこうして素足の姿を俺に見せるのは、俺に素足を見られてもいいって思ったから？」

「……それはその、別に、周くんに見られても」

「どうとも思わないと」

「どうとも思わない訳では、ない、ですけど」

若干しどろもどろになってきた真昼に、そっとため息を落とす。

「なら見せるな。そういうのは、見せたい人にしかしちゃ駄目だろう」

好きな女性に普段見せないような格好を見せられるこちらの立場にもなってほしい、と本人には到底言えないような事を思って朝から疲れている周に、真昼がおずおずと周の寝間着の裾を摑む。

「……み、見せたかったから、見せに来た、と、言ったら？」

羞恥を混ぜて震わせたような、か細い声。

ほんのりと潤んだ目で見上げられて、今度こそ周は固まった。

「周くんの反応を見たかったのです。……駄目、としか言われませんでしたけど」

少し萎れたように呟いた真昼に、周も慌てて首を振る。

「そ、そりゃあ、駄目だろう。だって、何というか、危ないというか……目のやり場的な問題でさ……」

「似合いませんか？」

その言葉に、周は少し躊躇いがちに視線を真昼の服装に落とす。

パリッとアイロンの効いた半袖ブラウスとスカートに身を包んだ真昼は、上品さと清楚さを残しつつも、普段より少し活発な雰囲気がある。

首元まできっちりと締められたボタンやリボンは、本人の真面目さを如実に表していた。

好きな女の子には凹凸のついた肢体をもう少し包み隠してほしいとは思うが、夏服なのでこればかりはどうしようもない。

理想的とも言えるすらっとした足にはなるべく目をいかないようにしつつ一度全身を見た周は、少し悩んでゆっくりと口を開く。

「……とても可愛いし似合っているので、一刻も早くストッキングを履いて下さい」

「はい」

褒め言葉に気を付けて絞り出した短い称賛でも満足したのか、真昼は柔らかく破顔して頷いた。

その笑顔に一瞬言葉を失った周は、真昼が気づかない内にそっぽを向いてその視線の先を洗面所に向ける。

「次から俺をからかうのはよせ。顔洗って着替えてくるから、それまでに家を出るなり服装を整えるなりしておいてくれ」

　心なしか普段より早口に言って洗面所に足早に向かった周の背中に、小さな笑い声が届いた。


　周が朝の身支度を済ませてリビングに向かうと、黒ストッキングにベストという、今まで見せられていたのは何だったんだと問い詰めたくなるような完全防備の真昼が、ソファにちょこんと座って待っていた。

　思わず脱力してしまったのは仕方のない事だろう。

「……最初からその格好を見せてくれた方が俺の心臓は平穏を保てたし素直に褒められたんだけど」

「よかったですね、特別ですよ」

　悪びれもせず微笑む真昼に少し腹が立って近寄って頰を摘むが、真昼はそれでも嬉しそうに笑みを崩さなかった。

「……では、私は一足先に学校に向かいますので」

　来たついでだからと周の分の朝ご飯を作ってくれた真昼は、周が朝食を平らげたのを見計らって席を立った。

ご機嫌を取るためか卵焼きを作ってくれたので現金だとは自覚しつつも普通通りの機嫌になってきた周は、真昼を見送るために玄関までついていく。

どうせ同じ通学路を通って同じ場所に向かうのにばらばらで行くのは馬鹿(ばか)らしくなるのだが、一緒に登校する訳にもいかないのでこうして時間をずらして行く他ない。

「また学校でな」

いつものように怪しまれない程度に時間をあけて登校するつもりの周は、真昼が微妙に不服そうな顔をしている事に気付いて首を傾げた。

「何だよ」

「……いつか、一緒に行ける日が来るのかな、と」

「俺が視線で殺される」

最近真昼と接する事も多くなってきて、クラスメイト達はある程度慣れてきたらしいがそれでも羨(うらや)ましそうな眼差しは向けられるし、他クラスの生徒に至っては普通に睨(にら)んでくる事もある。

あまり攻撃的な視線を受け続けると辟易(へきえき)するのだが、登下校を一緒にするとなれば今までとは比べものにならないレベルで視線を向けられるだろう。

「それくらいは予想がつきますよ。……自分で蒔いた種とは言え、こうなると困りますね。息つく暇もないのですけど」

「そりゃあ友人の男と歩くだけで同校の生徒に騒がれるのは、真昼からしてみたら堪ったもんじゃないだろうな」

「まあ騒がれようが他人など眼中にはないのですけど、周くんが困ってしまいますから。気にされないなら、一緒に行くのですけど」

「……決定形なのか」

「時間が合えば、ですけどね。わざわざ意図して時間をずらすのって面倒ですし、今日みたいな時にずらすのは非効率ですよ。それに、隣に親しい人が居た方が、登下校も楽しいでしょう？　一人で黙々と歩くより、親しい人と仲良く歩いた方がいいですから」

「それはそうだけど」

「でしょう？　でも、現実はままならないものです」

疲れたように大きなため息をついた真昼は、一度頭を振る事で切り替えたのかいつもの上品な微笑みを浮かべた。

「じゃあ、私は行きますね。一番に周くんに夏服姿を見せたかったので、見せられてよかったです」

さらっと大きく心を揺さぶる事を言ってのけた真昼は、周が固まったのを見て不思議そうに瞬きを繰り返したものの、そのまま玄関を開ける。

「行ってきます。周くんも遅刻しないようにするのですよ？」

はにかんでドアの向こうへと身を滑らせ出て行った真昼に、周はしばらく廊下の壁に頭を押し付けてもう一度顔を洗おうか、と真剣に悩んだ。

真昼に遅れるようにして家を出て学校に着くと、やはりというか新たな装いの真昼の周りには人が集まっていた。

気温も上がりつつあるので、衣替え期間とはいえ半袖の生徒が増えている。ただ、真昼はその容姿の華やかさと、軽やかになったとはいえ厳重とも言える夏服装備具合に他より目を引いた。

その上で千歳が席で「暑そうだねー」と真昼の髪を上で束ねてポニーテールにしているので、普段見ない真昼の髪型に注目度も高くなっている。

周としては、その髪型はうなじが見えてあんまりさせたくない。

別に真昼がどのような髪型をしようが自由ではあるのだが、好きな女性の無防備な姿は他人に見せたいものでもなかった。

（……俺のじゃないのにこんな風に思うとか）

彼氏でもないのにそういった独占欲のようなものがチラ見えしてきて、自分が嫌になってしまいそうになる。

「……微妙に機嫌悪くない？」

「気のせいだ」

変なところで鋭い樹（いつき）がこちらの顔を覗いてくるので素知らぬ顔で流せば、何故（なぜ）か樹は真昼の方を見た後得心がいったように頷いた。

その顔が微笑ましそう、というかにやにやしたものだったので、苛ついたのは言うまでもない。

第10話　天使様の視線と周の奮闘

「周(あまね)、パスパス」

「お前ノーコン過ぎなんだけど」

体育祭が約一月後に迫りつつある現在、体育の授業をのんびりと受けていた。

去年の経験から考えればもう一週間もしたら組分けが発表されるであろうし、学校全体で準備に乗り出すのであろうが、今はまだ普通授業だ。

バスケ部が持参したバッシュが響かせる甲高い音を聞きながら、周はおふざけで適当に投げて壁までボールを追いやった樹(いつき)に視線を突き刺して転がっていったボールを追いかける。

今日はバスケットボールをする事になっていて、ただいまシュート練習時間だ。試合は後半にするそうで、あまりバスケットボールが得意ではない周だが、ただゴールにボールを投げる作業は嫌いではなかった。

壁に跳ね返って勢いを殺しつつもころりころりと逃げていく褐色の古びたボールを追いかけながら、ちらりとネットで分けられたスペースを見る。

体育館を半分に分けるように仕切ったネットの向こうでは、女子がバトミントンをやっている。本日女子は外での体育だった筈なのだが、急な雨によって体育館を半分こにする形で体育が行われている。

女子達も真剣というよりは和気藹々といった様子で、たまたま近くに居た女生徒がラケットが軽やかにシャトルを弾き返しているのをちらりと見て、周はボールを捕まえて戻った。

一々真昼の方を見ている訳にもいかないし、周りに気付かれて「やっぱ藤宮も天使様好きなんじゃん」と囃し立てられるのは避けたい。

実際好きではあるが、本人が聞いて困ると思うし、仲良くないクラスメイト達に知られたい想いでもないので、秘めておきたい。

「変なところに飛ばすなよお前。女子側に入ったら取りに行くの気まずいんだけど」

「まあまあ。細かい事言うなよ」

へらっと笑う樹の腹部に向かって少し強めに投げるものの、別に運動が不得意ではない樹はその笑みのまま受け取っていて、周は小さく吐息をこぼしながらボール籠から新しいボールを取る。

こういった体育授業では運動部が張り切る事が多い。今回は特に専門としているバスケットボール部が水を得た魚のようにイキイキとしていた。

周はというと、試合形式は好きではないがシュート練習は案外好きなので、体育教諭に真面目にやってますよというアピールを込めてゴールに投げていく。

　放物線を描くボールはバックボードに跳ね返って輪の中に落ちていくので、微かな満足感を得ながら投げたボールを回収した。

「お前こういうのは上手いよな。試合になるとあんまりやる気なくなるし駄目になるけど。もっと頑張れよ」

「やかましい。そもそも生粋のインドア派帰宅部人間に試合での活躍を求めんなよ。どう考えても運動部が活躍するに決まってるだろ」

「まあまあ。ほら、たまにはさ、あの人にカッコいいところを見せるべきなんじゃないかなーって」

　あの人、が指す人物が誰なのかは分かっているが、素直に頷く訳がない。

「そういう余計な気遣いは要らないし、そもそもあいつは俺が運動得意でない事とかっこ悪い事は知ってるから」

「なんでそこで開き直ってるんだよお前」

「この状況で活躍しろとか無理ゲーなの分かってるだろお前」

　他人事のように言ってのける樹に苦虫をかみ潰したような顔を向ければ、けらけらと笑われた。

「まあまあ。ワンチャンあるある」

「ないって。お前やってみろよ試しに」

「え、無理無理。オレそんな上手くないし」

「だったら俺に対してどの口が言ってんだよ」

自分が出来ない事を簡単に要求すんな、と顎下から掴んで指で頬を押してやると樹は「ごめんごめん」と笑いながら、視線をネットの向こう側に向ける。

「でも、見てるけどなあこっち」

「へ？」

視線を辿れば、順番待ちらしい真昼がこちらを見ている。眺めている、といった方が正しいのだが、確かにこちらを見ていた。

暇潰しで辺りを見ていただけなのだろうが、見られていると急に居心地が悪くなってしまう。

唇を結んだ周に、樹は「頑張らないとなあ」となんとも他人事のように呟いて、体育教諭の笛の音を聞いて周を引っ張っていった。


後半からは試合形式でクラスを二つに分け、もう一つのクラスと試合する形となっている。

周と樹は二試合目に出る事になっていたので、残りの面子として邪魔にならないように壇上に上がりそこに腰掛けていた。

先に試合をするチームに入っている優太の勇姿を二人で眺める事になっていたのだが、冗談でなく勇姿を見せられている。

「何で門脇はバスケ部と渡り合ってるんだ……」

相手チームには現役バスケ部が居るのだが、対等と言ってもいい程に動きが上手い。

普通運動部だろうがバスケットボール部の動きには敵わない。

足の速さだけなら陸上部が有利かもしれないが、ボール運びや緩急の付け方、シュートに身のこなしとバスケットボール部はバスケットボールという種目に特化した動きを身に着けているのだ。

当たり前にバスケットボール部が有利で蹂躙されるのではないかと思っていたが、優太はそんな予想を簡単に覆してシュートを決め続けていた。

「まあ優太は運動の申し子というか、走るのが好きだから陸上選んだだけで大体何でも高水準でこなせるから」

「何それ強い」

「お袋さんがスポーツのトレーナーかなんかだったらしい。お姉さま方もスポーツの分野に進んでいる人達だとか何とか」

「英才教育の賜物じゃん」

優太は姉の事を若干苦手そうにしていたが、今の話を聞くとスパルタ教育を受けていたからではないか……と思ってしまう。

そんな話をしている間も優太はコートを駆けて相手を翻弄している。自分でシュートを決める時もあれば自分が囮になりつつ味方にシュートを決めてもらうなど、偏らない戦略を取っていた。

「うおお門脇をマークしろおお」

「潰せ潰せー！」

「奴を活躍させるなー！」

「滅茶苦茶私怨入ってないかあいつら」

「ここでもいいところ取られたらほんとバスケ部形なしだからなあ」

相手チームの雄叫びを聞きながら半眼になっていると、ネット側の方から女子達の優太を応援するような声が聞こえる。

向こうは向こうで試合が始まっているらしく、余った女子達が見学をしにネット際まで来ていた。

更に分かりやすく張り切っている男子達に「よくやるなあ」と感心したように呟けば、何故か樹に背中を叩かれた。

結局、一試合目は周のクラスが勝利したので、優太の恐ろしさを痛感しつつ、周は壇上から飛び降りる。

与えられたビブスを身に着けながら面倒臭いなという表情も隠さないままコートに入るのだが、ふとネット際に居た真昼と目が合った。

ふわっと、いつもの天使の笑みとは違う、淡い笑みが浮かぶ。

それはいつも家で周に見せるような、柔らかい真昼の素の笑みで。

眼差しに親しげなものを乗せた真昼は、そのまま小さく手を振って、ゆっくりと唇を動かす。

『がんばって』

声になっていないのに確かにそう聞こえた気がして、周はとてもではないが顔を合わせていられなくて、そっぽを向いた。

その先に樹の顔があったのは、周の失敗だったと思う。

「頑張る気になったか？」

「うるせえ」

何もかも見透かされた気がしてやけくそ気味に返せば、耐えきれなくなったらしい樹の軽やかな笑い声が聞こえた。


「……しぬ……」

久し振りに真面目にバスケットボールに挑んで全力放出してしまい、周は息を荒くしてしゃがみ込みながら呻き声を上げた。

心臓が強く暴れている。

最近運動を多めにし始めたとはいえこういった風に全力をふるう機会なんてなかったし、こ

こまで激しい運動はした事がない。人と争うような競技だという事も相まって、非常に周は疲弊していた。

げほ、と咳き込みながらゆっくりと息を整えようとするのだが、中々暴れ狂っている心臓は落ち着きを見せない。

試合中アクシデントで思い切り転んだので、打った体も痛いし中々呼吸は整わないしで結構辛い思いをした。

あまり必死にならないようにはしたものの、明らかに頑張りすぎただろう。

(めっちゃ情けない姿を見せた気がする)

真昼が見ている中で転んだので、この後教室で顔を合わせる事が憂鬱だった。これでは格好いいところを見せるどころかダサいところしか見せていない。

「あまねー、大丈夫か?」

試合後の挨拶の後端っこでしゃがみ込んだ周に、流石に辛そうだと思った樹が屈みながらこちらを窺ってくる。

「……大丈夫だけど、確実に明日筋肉痛」

「はは、それは運動し始めるのが遅かったからだろ」

からかうようにそう言いつつも背中を擦ってくる樹にひっそりと感謝しつつ深呼吸を繰り返していると、心臓の方は落ち着いてくる。

体は火照っているし打った体は痛いが、本気でバスケットボールに挑んだ事は後悔していない。たまにはこういうのもいいだろう、なんて思ってしまったので、らしくないとは思っているが。

後で顔を冷やしに行こう、と誓いつつ、周はもう一度大きく息を吸った。

授業が終わって着替えた後、周は体育館の側にある水道で顔を洗っていた。

体育後は昼食の時間で、全員「腹減った」と口を揃えて着替え終わった後出て行ったので、周の居る場所は静かだ。

樹達とは食堂で待ち合わせになっているが、真昼と顔を合わせるのが気恥ずかしくて、長めに水を顔に叩きつけて無理に冷やそうとしていた。

勢い余って髪まで濡れているが、汗で湿っているので洗い流すのにはちょうどいいだろう。

（目の前で転んだんだよなあ）

よりによって真昼が居る辺りで盛大に転んだのである。

その時の真昼の表情を思い出して渋い顔をしていると、後ろから小さな足音が聞こえた。

「大丈夫ですか？」

聞き慣れているが、今は聞くのを拒みたくなるような声がして、周はゆっくりと顔を洗うのをやめて顔を上げる。

情けない顔を見せたくないので唇を噛み締めて深呼吸しつつ、何とか羞恥で逃げ出したくなる気持ちを堪え、濡れて肌に貼り付く髪を剝がすようにかきあげながら振り返った。

「どうしたんだ、着替えたのにこっちまで来て。昼ご飯はいいのか」

平静を装って振り返ったら、何故か真昼が動揺していた。

「い、いえ、その、転んだの、大丈夫か心配で……赤澤さんが、ここにいるって言ってたから」

「樹め……。別に心配しなくても、ちょっと打っただけだから」

目を泳がせながら言葉を紡ぐ真昼は若干天使の仮面が剝がれかけている気がするのだが、それが何故なのか分からず周も困惑していた。

目の前で転んだ時は向こうも動揺していたが、今回はそれとは違う動揺の仕方で首を傾げそうになる。

「椎名？」

「……いえ、何でもないのでお気になさらず。あと、藤宮さんはその仕草反則なのでやめてください」

「どういう事なんだよ」

「とにかく駄目です」

時たま真昼が言う訳の分からない注意を受けて今度こそ首を傾げるのだが、真昼は答えようとせずこほんと咳払いして気を取り直したように周を見つめる。

「……さっき、私達を庇おうとしましたよね」

「たまたまそっちがそこに居ただけだから。居なくても取ってたよ、あれは」

先程の体育は女子達も応援のためにひょっこりと顔を覗かせていてネットで完全に遮断出来ておらず、危うく女子達の顔の辺りにかなり速いボールが飛んでいくところだった。

体育の時に転んだのは、かけられたネットの開いていた部分に勢いよくボールが飛んでいったのを周がギリギリで受け止めたからだ。

だからといって感謝をしてほしいとかは全く思っておらず、スルーしてくれた方が転んだ身としてはありがたかった。

「別に俺が勝手に転んだだけだから、笑ってくれていいんだけど」

「そんな事出来ません。本当に感謝してます。それはそれとして、あんな無茶はしないでほしいですけど」

「仕方ないだろ」

そっぽを向いて用意していたタオルで顔を拭くと、全くもうと言わんばかりに仕方なさそうな眼差しの真昼がこちらを見上げる。

「……かっこよかったですけど、家に帰ったらちゃんと打ったところ見せてくださいね、周くん」

この距離に居る周にだけ聞き取れるような小さな声で逃さないと言わんばかりの言葉をかけ

る真昼に、周は頷かないまま目を逸らして「やなこった」と逃げるような言葉を呟いた。

当然、それが許される筈もなく、家に帰ったら真昼に有無を言わせない勢いでシャツを脱がされて手当された。

その後真昼は半裸を強要した事に気付いてしまって真っ赤になって、しばらく目を合わせてくれなくなったのであった。

第11話　天使様の落とした衝撃

テストの返却と結果発表が終わり、部活動も再開して直近のイベントは約三週間後に体育祭を控えるのみとなった周達二年生は、一応一段落がついた。

テストの点如何では補習があったり教科によっては追試があったりするのだが、周はオールクリアしているので何の問題もなく束の間の穏やかな時間を過ごしていた。

「俺はあんまり楽な時間がある訳じゃないけどね。部活あるし、インターハイに向けて練習していかなきゃだし」

放課後に優太とそんな事を話せば、苦笑気味に返される。

一年時で既に陸上部のエースと呼ばれていた優太は監督やコーチからも期待されているようで、その期待に応えるように努力を欠かしていない。

こちらの事をストイックだと言ってきたが、周からしてみれば優太の方が余程ストイックだ。そのひたむきな努力があるからこそ、人望がありモテるのだろう、と思う。

「そっか、まだ先とはいえ成果を見せる時期が決まってるもんな」

「うん。今からしっかりタイム縮めていかなきゃなって思ってる。走るの好きだから、時間にちょっと余裕なくてもいいんだけどね」

「大丈夫なのか？　陸上部ってきつそうなイメージだけど」

「そうかな、うちの部活はスパルタって程じゃないよ。コーチもとにかく走ればいい結果が努力に追い付いてくるって考えではないから。休む時は休む、部活の時はしっかり部活ってメリハリつけてるし」

「へー……てっきり熱血系の部活かと」

「根性と気合もそりゃ必要だとは思うけど、そのエネルギーの使い方にオンオフがない部活なら多分辞めてるかな。走るだけならどこだって出来るし、実際白河さんはそういう考えで辞めてった訳だしね」

「……そういえば二人と中学が一緒なんだっけ」

「そうそう。多分藤宮がびっくりするくらい樹も白河さんも違うから」

そういえば以前千歳は中学時代からかなり性格が変わった、的な事を聞いた事があるが、当時を知らない周としてはあまり想像がつかない。

今の明るいムードメーカーな二人しか知らないのだ。

あまり触れてほしそうな話題でもなかったので深くは追及しなかったが、優太が言うくらいだからかなり変わっているのだろう。

ただ、知りたい反面彼らが嫌がるのではないか、という心配が顔に出たらしく、優太が「俺からは話さないけど二人がいつか話してくれるんじゃないかな」と穏やかに告げる。

無理に聞き出すつもりはないので、周はその言葉に頷いた。樹が周の事情に踏み込んでこないのだから、周もいいと思うまで樹達の過去に手を伸ばすつもりはなかった。

「まあ話は戻るんだけど、考えもなしに走るだけなんて、ただただ筋肉や筋を痛めた挙げ句熱中症になるだけだよ。それに、確かに俺にとって陸上は青春って事になるんだろうけど、陸上だけが青春じゃないし。だからこそ、今の陸上部が居心地いいなって思ってる」

こちらが驚く程爽やかな笑みを浮かべた優太に眩しさを感じて瞳を細めれば、優太は微妙に恥ずかしくなったらしく笑みが照れ臭そうなものに変わる。

「まあ、もう俺の事はいいよね？　今日は部活の事とか忘れようよ、休みだしさ」

「門脇が言い出したんだけど」

「それはそうだけど、いいの。ほら帰ろうか」

明らかに話題を逸らそうとしている優太にひっそりと笑って、二人で教室を出る。

ちなみに今日は樹は千歳と補習なしやったねデートに行くらしく、先に帰ってしまった。

ちょうど部活が休みだったらしい優太と折角ならどこか寄って帰ろう、という事になり、こうして放課後軽く駄弁ってから寄り道をする事になった。

そのまま廊下を歩いていると、見慣れた亜麻色が廊下の先に見えた。こんな時間に残っているのは珍しいな、と思いながらよく見ると、何やら両手で大量のプリントを抱えていた。

「……何やってんの、椎名」

「あ、藤宮さんと門脇さん。こんな時間に残っているのは珍しいですね、特に藤宮さん」

「それはそっくりそのまま返すというか……どうしたんだ、それ」

両手で大変そうに抱えているプリントを目線で示せば、小さな苦笑いが唇に浮き出る。

「時間があるならステープラーで来月ある体育祭関係のプリントを纏めておいてと先生に頼まれてしまって。断りきれなくて……今渡されたところです」

「……椎名って便利屋扱いされてない？」

生徒だけではなく教師からも厚い信頼を受けている真昼は、良くも悪くも頼りにされている。頼まれ事もしょっちゅうされているのを目撃するが、今回のそれも頼まれ事らしい。

文武両道の才女であるが部活動に所属していないので、余計に時間があると見なされて教師からのお願い事を聞く頻度が高い。いい子で居るが故に真昼が頼まれたら基本的に断らない、という事を教師達も何となく察しているのだろう。

「まあ、私は時間に余裕がありますから。これくらいならすぐに終わりますし。これで空き教室に運ぶのは最後ですし、運んだら留めるだけで終わりますから」

「事務員何のために居るんだよ」

「ま、まあまあ。これくらいなら一時間強もあれば終わりますので」

「勝手に一時間強も拘束すんなって話だけどな」

いい子でいるとこういう時に都合よく扱われるのだと思うと複雑な気持ちになるのだが、真昼はあまり気にしていないのか慣れているのか、眉(まゆ)を下げて淡く微笑むだけだ。

「まあ私は今日帰るのがちょっと遅れるといった程度ですから。日が暮れるのも遅くなりつつありますし、大丈夫ですよ」

なんてことのないように言った真昼に、周はそっとため息をつく。

「……悪い門脇、今日の寄り道後日にしていい？」

「偶然だね、俺もそう思ってたんだ」

どうやら、お互いに考えた事は同じだったようだ。

二人して顔を見合わせて小さく笑い、真昼の手からプリントをさり気なく奪い取る。

想定外の事だったのか、ぱちりと瞬きを繰り返した真昼は何をされたか遅れて理解したらしく慌てて周の服の裾(すそ)を摑(つか)んだ。

「ふ、藤宮さん、返してください」

「これどこに運ぶの」

「え、二階端の空き教室に……ってそうじゃなくて！　私が頼まれた事ですから」

「別に生徒に渡すくらいなんだから機密事項書いてる訳じゃないし、手伝いＮＧって訳でもないだろ？」

「そ、そうですけど……門脇さんからも何とか言ってください」

「あはは。藤宮、駄目だろ？　俺も半分持たせてくれないと」

「あいよ」

わざとらしく作った不満げな顔に笑いつつ半分ほど門脇に取り分けると、もう何を言っても無駄だと悟ったらしい。

咎めるような眼差しを突きつけられるのだが、何て事のないようにスルーして指定された教室に向かう。

「……お二人の時間を奪うつもりはなかったのに」

「俺は奪われたんじゃなくて勝手に消費してるだけだから」

あくまでこちらが勝手にやっているだけだし、言ってしまえば厚意の押し付けであるが、真昼ばかりが苦労するよりはいいだろう。

それは優太も同意らしく穏やかに微笑んでいるので、真昼はとうとう何も言えなくなったらしくちょっぴり恨みがましげに見られるが知らんぷりをした。

ただ、真昼も嫌とは言わないので、内心では量に困っていたのだろう。

「……ばか」

学校ではまず聞く事のない可愛らしい素の罵倒が聞こえて、周も優太もつい笑ってしまう。

ほんのり天使様の仮面が剝がれかけている真昼は、周と優太の側を歩きながら瞳を細めて――。

「先生に媚売るだけじゃなくて男子にも媚売ってるんだよね。大切な人が居るとか言っておきながら」

「ほんとね。八方美人って感じ」

どこかからそんな声が聞こえて、周は思わず歩きながら体を強張らせた。

視線だけで辺りを見ても、声の主と思わしき女子の姿は見当たらない。恐らく、後方の陰に居るのだろう。

隣の優太は、微笑みを変えないまま瞳だけが笑っていない。以前元々陰口を叩く人間が得意ではないとこっそり教えてくれた優太には、今の声は許せるものではなかったらしい。

周ですら「は？」と思い切り声を上げそうになったがそれはそれでまた荒れる原因になると分かっているので喉元で抑え、ちらりと真昼を見る。

真昼は、何とも思っていないように、いつも通りの表情だった。慣れっこ、と言わんばかりに、何も変わっていない。

その表情が不安で思わず見つめてしまったのだが、視線に気付いたように真昼は穏やかな微笑みを浮かべた。

「手伝っていただきありがとうございます。あまり遅くならない内に終わらせてしまいましょうか」

不安になるほど穏やかで柔らかい声に、周も優太もそれ以上何も言えずに頷いた。

作業中は何も言えず、微妙に気まずい空気のまま作業を終えて真昼と時間をずらして帰宅した周は、先に帰宅していた真昼の顔をつい見てしまった。

真昼は相変わらずの表情で、傷付いたとか怒ったとか、そんな負の感情で美貌を陰らせていない。むしろこちらがあの言葉を思い出して苛ついているくらいだ。

周の表情が陰っているのを見つけたらしい真昼は、すぐに苦笑いを浮かべる。

「もしかして、学校での事を気にしていますか？」

「……そりゃ気になるよ」

面と向かってではなく陰でこそこそと聞こえよがしに悪口を言う人達にどうしても怒りを覚えてしまうのだ。

真昼の隣に座って真昼の様子を窺うと、相変わらず周の態度に苦笑している。

「私としてはそんなに気になりませんよ。それくらい想定してますし、むしろない方がおかしいですから」

けろりと自分が嫌われている事を許容してのけた真昼に、逆に周が動揺してしまった。

真昼が天使様として振る舞う理由を知っているがために、気にしていないというのが意外で、表情がぎこちなくなってしまう。

「そ、そういうものなのか」

「当然でしょう。私は誰からも好かれる訳ではありませんよ。そんな人居たら逆に怖いですし」

手持ち無沙汰なのか髪を一房手にとって毛先をくるりと指に巻きつつ、真昼は淡々と、静かに語る。

「私は人に好かれやすいと思いますが、学校中の人間全てに好かれているとは思っていません。好意の声が大きいから届きにくいだけです。周くんだって、最初私の事を然程好きではなかったと思うのですけど」

「……それを言われると滅茶苦茶痛いんだが」

確かに、自分も知り合う前の評価だけ知っていた状態では真昼の事を能力や容姿を優れていると認識していたしその事については好ましく思っていた。

だが、天使様という個人についてはどちらかと言えば苦手な方に分類されただろう。見えているあらゆる部分が優れすぎていて、何を考えているのか分からなくて近寄り難い、という感覚だ。

「特に女子の中では表面上友好的でも私を面白くないと思っている人はいますよ。出さないのは私が多くの人から高い評価をもらっているが故に、悪意を口に出すと不利益を被るからでしょう。多数に迎合した方が波風立たないですからね」

淡々と自分に対する客観的な評価や自分を嫌いな人の存在を話題にのぼらせる真昼に、どう反応していいのか悩む。

女子の世界ではまた周達とは違った価値観もあるだろうし、人間関係がある。真昼がそう言うからには恐らく本当に真昼を疎む人は居るだろうし、実際に声が聞こえたのだ。

上手く言葉が見つけられず、ただ心配するしか出来ない周に気付いたのか、真昼は眉を下げて微笑む。

「今は随分と少なくなりましたが、昔から一定割合で嫌う人達は居ましたから慣れていますよ。まあ、なるべくその割合が減るように立ち振る舞いには気を付けていますが、ゼロにはなりえないです。多数が好きだから嫌い、という理由で嫌う人だって居ますので」

「……辛くないか？」

「直接的に言われると嫌だなと思いますけど、表明してくる人は現状居ませんから。それに、今日あったような私の事を嫌いって言う人達は本当の私の中身じゃなくて外見とか立ち位置に嫌悪感を抱いていると思うので、別にそれなら私がどうこう出来るものではないですし、その人達のためだけに私がなにかしようとは思いません」

「割り切ってるな……」

「割り切らないと学校での振る舞いなんてしていられませんよ」

こういったところでは誰よりもシビアな真昼は理知的な光を灯した瞳をそっと伏せ、唇から小さく息を吐き出す。

「私は客観的に見て人よりも見目が整っている方だと自覚しています。もちろん生まれ持ったものもありますが、努力を欠かした事はありませんし、時間と労力をかけて築き上げたものです。ただ、これだけで面白くないと思う人は出ます」

誇張でも自信過剰でも何でもなく、自信に裏打ちされた言葉。

確かに、生まれつきの美人である事は、一度きりだが見た事のある真昼の母親を思い出せば否定出来ないだろう。

ただ、真昼の美しさは生まれつきのものだけではない。

姿勢や所作、醸し出す雰囲気、目線の運び方に表情、どれを取っても優雅で美しいと思える。

そしてそれは生まれ持ったものだけで出来る訳がない。

ただ外見が優れている訳ではなく、身につけてきた知性と教養、品性が内側からより一層美しく見せているのだと、周は思う。

（……綺麗なんだよな）

眩しい程にストイックで、その光に焼かれてしまいそうだ。その光に真昼自身も焦がされそうで、少し恐ろしいが。

「私の研鑽は目に見えるものばかりではありませんからね。だからこそ、成果だけ見えてそれをずるいと捉える人も出てきます。まあその妬み嫉みはその人の感情ですので、否定はしません。……まあ、ただ一つ否定させていただくなら、私は門脇さんは友人としての好意はありますけど異性としての好意は一切ないという事ですかね。そこを誤解されて妬まれても困ります」

「そ、そうか……」

「大体私が門脇さんに好きだという素振りを見せた事がありますか？　よく出来た人ですし人として好ましいとは思いますけど、恋愛感情なんて全くないのですが。話すだけで疑われる事があって困るのですけど」

若干迷惑そうなのは、あまりに疑われる回数が多かったからなのだろうか。

ある種の偶像と化している真昼と優太は、性別の違いや優秀さから話の中でセットにされる事が多い。

実際は本人達は関わりが薄いし、真昼は周と知り合った時点では優太の事をモテている人という認識で特に知らなかった。周が優太と関わりだしてから知るようになった、というくらいなのだ。

学校では王子様と称される優太にも平等に接している真昼が、優太に恋愛感情を抱いていると思った事は周もない。

「門脇の事を好きな人からすれば、取られるって思ったんじゃないか。仮に真昼がアプローチをかけたら、大概の男子はコロッと行くから」

「周くんはその大概の男子ではなさそうですね」

「……まあ」

アプローチをかけられる前から沼に落ち切っているので、好きという気持ちが大きく多く深くなるだけで変わらないというだけなのは本人には言えない。

周が微妙に視線を逸らしながら答えるのだが、真昼はじいっとこちらを見ている。

それが居たたまれなかったので視線は真昼にぶつけないようにしていたのだが、視界の隅でため息をついた真昼が見えた。

「まあ、何にせよ門脇さんは私の好みではありません。客観的な評価として眉目秀麗の温厚な殿方という事は理解していますが、なんというか……どことなく立ち位置が似ているが故に、知人や友人、理解者としてはよいかもしれませんが恋愛感情にはまず至らないといった感じです」

「……まあ、表の真昼と門脇は何となく似てるところがあるな。門脇は真昼程裏表に差がないけど」

優太と交友を深めた最近になって分かった事だが、優太も優太で周りが期待するような振舞いをしている節がある。ただ、真昼ほどそれが顕著ではないし、本人の性質もある。

真昼は家庭環境の問題からこうならざるを得なかった、という点で理由や度合いが違うので、一概に同じとは言えないのも事実だ。

「まるで私が二重人格のような言い方を……。そ、そんなに裏表違いますか」

「違うというかなんというか、真昼は……天使様よりずっと素の方が可愛いというか。最初はまあクールでシビアな感じだったけど、慣れると素直で思ったよりも照れ屋というか。言動への感情の乗り方が全く違うから、ギャップがあるよな、と」

「だっ、誰が照れさせているのですか」

「……それはまあ、うん。わざとじゃない」

意図的に、という訳ではない。真昼は正面から本気で褒めると照れやすい、というだけだ。

周も普段から真昼は努力家で自分に厳しいという事はよく分かっているので、なるべく本音で素直に褒めるようにしていた。それが照れを引き出しているというのなら最早(もはや)仕方ないものなのだ。

「わざとじゃない方がたちが悪いと思うのですけど」

「それは真昼にそっくりそのままお返しするし、むしろ真昼の方がひどい」

「どういう意味ですか」

「……真昼の場合、そこに無意識にスキンシップが加わるから困るというか」

真昼の方こそ周を責められたものではない。寧ろ照れさせるという点では真昼の方が破壊力が大きいし頻度も多い。おまけに不意打ちもよくしてくるので、周の心臓と理性は日頃(ひごろ)から鍛えられる羽目になっていた。

スキンシップ、という言葉に元々大きかった瞳を更に大きく見開いてぱちりと瞬(まばた)きさせ、それから息を呑(の)んで唇を震わせている。

次第に頬(ほお)にのぼる紅色は、周が視線を留めておく時間に比例して濃くなっていた。

「わ、わざとじゃないです」

真っ赤になったところで小刻みに揺れる声が弁明を口にした。

「わざとしてる時もありますけど、わざとじゃないです」

「わざとについては色々と聞きたいけど、基本わざとじゃないのは知ってる。あんまり女の子がそういう風にすると、勘違いするから気をつけるんだぞ」

「……周くんにしかしてません」

「それも知ってるよ。だから言ってるんだよ」

真昼が周をどういう感情かは断定出来ないが特別に思っていてくれて、好ましく思ってくれている事も知っている。

ただそれはそれとして、男としては本人が意識しないでするスキンシップは破壊力が高すぎて困るのだ。

出来れば改善してほしいし、してくれないと理性的に辛い、と思いながら真昼に視線を向けると、真昼は赤らんだ顔のまま周の二の腕をぽこすかと叩く。

「ほらそういうところ」

「今回は意図的です」

「ええ……」

叩かれる意味が分からない、と困惑している周を少し強めに睨む真昼ではあるのだが、本人の顔立ちや羞恥に潤んだ瞳で睨み上げられても上目遣いをされているようにしか見えない。

怖いという感情は全く浮かばない愛らしさ純度百%の表情に、恐らく口にしたら更に不機嫌になりそうな感想が浮かんだ。

ただ口にしなかったので、真昼は咳払いした後居住まいを正す。

「とにかく、話は戻りますが、私としては別に一部の女子に嫌われていようと構わないのですよ。みんな仲良しなんて子供が見る夢ですので。無理にまとまろうとすればどこかでひずみが生まれる事は分かりきってますから、一定層に嫌われるのは受け入れます」

「……うん」

「先程の言葉とは矛盾していますけど、私はいい子として、みんなに好まれるような天使様として振る舞っています。けど、最近はもういいかな、とも思い始めたのですよ」

「もういい？」

あれだけ天使様として徹底して振る舞っている真昼からもういいという言葉を聞くとは思っておらず聞き返してしまうのだが、真昼は淡い微笑みを浮かべた。

「別にいい子でなくてもいいかなって。……皆に好かれる筈がないと分かりつつも好まれるような仕草や言動をしてきた私ですけど、私を見つけて、ちゃんと見てくれる人が居るなら、私は私で居ていいんだなって」

今までの自分を振り返ってどこか寂しげに瞳を揺らした真昼は、すぐにそのカラメル色に透き通った光を宿した。

「周くんは、私から目を離さないでくれるのでしょう？」

その光が前を見て希望と喜びを含んだものだという事は、誰が見ても分かる。きらきらとした眩さはないが、穏やかで優しく、確かな温もりと慈しみが込められたもの。

そんな輝きと感情を込められた瞳で見つめられて、周の喉がこくりと鳴る。

「……約束したからな」

「はい、約束してもらいました」

周の肯定にとろけるような笑顔を浮かべた真昼は、周には瞳の穏やかさに反してとても眩しく鮮やかに見えた。

しかし目を逸らすにはあまりにも惜しい程に澄み切った笑みで、視線が吸い寄せられる。

とくとくとどこか遠いところで心臓が高鳴るのを感じながら、周は自分に向けられた笑みを目に焼き付けた。

「ですので、そんな気負わなくてもいいなって。意図的に学校で変えるつもりは今のところないですけど、すごく気遣ったりはしないかなと。幻滅されたっていいです、私には私を見てくれて受け入れてくれる人が居るんですから」

「……そっか」

周が見ているから。

周が本当の真昼を知って、縮こまっていた彼女を見つけたから、こんなにも真昼は心穏やかでいる。

そう表情で示されて、無性に喜びと愛おしさが湧き上がってきて、胸をくすぐった。

ただ、少しだけ、そのくすぐったさを邪魔するように、小さな出っ張りが胸の内にあった。

「……微妙に不満げではありませんか？」

周が少しだけ個人的な引っかかりを覚えている事に気付いたらしい真昼が、不満とは言い切れないが困ったような、不安そうな目を向けてくる。

「い、いや、真昼がそう思えるようになった事は嬉しいし、いい事だと思ってるよ。それはそれとして、ちょっと思う事があるだけで」

「何ですか、言ってご覧なさい」

「い、いやそれは」

「別に怒ったりしませんよ？　周くんが人を傷つけるような言葉を言うとも思えません」

じ、と見つめるその瞳には拒否権なんて存在していないと言わんばかりの圧がある。

流石に、周も軽く誤解されそうな言い方をしてしまったしちゃんと説明するべきなのだとは思っていた、が。

言葉に出せば、からかわれるような幼稚な感情だという事を自分に突きつける事になるだろう。

「その。わ、笑うなよ？」

言わない訳にもいかないので念押しをすると素直に頷かれるので、やり切れなさを感じつつも周は真昼から微妙に視線を外しながら口を開く。

「気負わない、って言っただろ」

「ええ」

「つまりは、ふとした拍子に真昼は取り繕わない姿を見せるかもしれないだろ」

そこまで続けてその先を言うのを逡巡したが、今更で、周は一度深く呼吸して、唇を震わせる。

「……いつか素の真昼を他のやつに知られるのかもしれない、と思うと、何か、複雑だな、と」

続きを紡ぐ事を一瞬躊躇ったのは、自分で何て子供なんだと思ってしまったからだ。

真昼が自分の事を受け入れて心の在り方を変えつつある事は嬉しいいし、長年続けてきた一つの殻を破って周に手を伸ばしてくれた事も嬉しい。

周に全幅の信頼を寄せてくれている事も、嬉しい。

取り繕わない自分で居てもいいと思えるようになった事が、嬉しい。

不満なんてない、その筈なのに――真昼という、がんばり屋で強がりな癖に寂しがり屋で甘えるのが下手な、ごく普通の繊細な女の子が、生徒達の前に見えてしまう事が、嫌だと思った。

（これが、独占欲と嫉妬心だという事くらい、分かってる）

自分のものですらないのに、そんな感情を抱く権利などないというのに、そう思ってしまうのだ。

「お、おこがましいとか何言ってんだこいつとか言いたいのは分かるからさ」

恥ずかしさと情けなさ、自分への自嘲で唇を結んだ周に、真昼は呆気にとられたようにつぶらな瞳をぱちくりと瞬かせてこちらを見ていたが、次第に唇の両端が角度をつけていく。

周が気付いた時には既に口元は綻んでいて、眼差しは温かく楽しそうなものに変わっていた。

「わ、笑うなって言っただろ」

「ふふ、ごめんなさい」

へにゃり、と無防備なまでにあどけなく一切の邪気を感じさせない笑みで謝られてしまえば、周は息を呑むだけでそれ以上の文句は言えなかった。

先程の笑みとはまた違った、純粋な喜びと親愛をこれでもかと注がれた表情と眼差しに言葉を失った周に、真昼は少し微笑みを落ち着かせて側の周を見つめる。

「……心配しなくても、周くんに見せるような顔は他の人に見せたりはしませんよ。仲良くもないのに見せる訳がないでしょう」

「そ、そうか」

分かりやすく安堵してしまって、今非常に感情が表に出てしまっている事を痛感させられた。

普段ならもっと表情を、感情を隠す事が出来るのに、真昼の事になるとどうしても内側に秘めておきたいものが表に出てきてしまう。

「……周くんってやっぱり可愛いですよね」

きゅっと頬の内側を噛んで表情筋が要らない仕事をしないように注意していると、何を思ったのか真昼はどこかおかしそうに笑いながら言って。

「それやめろ。からかってるだろ」

「本音ですよ」

「余計に駄目だ」

「周くんこそ、そういう可愛いところを人に見せちゃ駄目です」

「可愛いから否定したいんだが。……大体、どこが可愛いんだよ、こんな男を捕まえて」

可愛げなんて幼少期に置いてきたと自負している身としては納得のいかない評価であり、男としても納得がいかない。

可愛い、なんて言葉を褒め言葉として受け取れるのは子供か女性側くらいで、可愛さを求めていない周には単なるからかいの意としてしか取れなかった。

眉を寄せて視線で抗議しても、真昼の評価は揺らがないようでくすくすとか細い笑い声を漏らしている。

「全部可愛いですよ」

「女の子の可愛いは信用出来ないし納得いかない」

「ひどい事を言いますねえ。まあ、女の子の可愛いの定義が視覚的なものだけでなく、広義の意味で好意的に捉えられるものの事を可愛いと指しているのは否定しませんが。……周くんは可愛いですよ?」

「男は可愛いって褒められても嬉しくない」

好きな女の子が可愛いなんて褒め言葉のチョイスをして嬉しい訳がない。いや、褒められる事自体は嬉しいが、周としては自分のような男に可愛いの評価はないと思っている。

真昼は周が可愛いなんて言われて喜ぶと思っているのか、と問い質したいが、褒めというよりただの評価な気がするので、言っても無駄そうだ。

む、と唇に力を入れて不満げに真昼を見ても、彼女はおかしそうに笑っている。その瞳に愛おしげな色が見えていなければ、周は真昼の頬をつねっていたかもしれない。

「……格好良くは、ないのか」

思わず小さくこぼした周に、真昼は固まって周を見つめるので、自分の言葉に早速後悔していた。

自分に格好良さを見出してはくれないのか、なんて自意識過剰にも程がある。散々人にへたれだの奥手だの情けないだの言われている自分が、真昼に格好いいと思われると勘違いする方がおかしいのだ。

そういう言葉を期待した時点で間違っていた、と結論づけて目を逸らそうとすれば、真昼は周から目を逸らさない。

「格好良いですよ」

はっきりとした発音で告げられた言葉に、耳を疑った。

「確かに周くんは可愛いですけど、格好良いですよ。私にとっては、誰よりも」

「……取ってつけたように褒めなくてもいい」

「失礼ですね。嘘をついてどうなるのですか。思った事しか言ってません」

「……言い過ぎだし見る目がないぞ」

格好良くなろう、と思ってはいるが自分では現状格好良いとは全く思えないのに、真昼が格好良いなんて褒めても疑ってしまう。散々可愛いと言われた後だから、尚更。

「周くんの格好良いの定義は、どのようなものですか?」

眉を寄せている周に、真昼は穏やかな視線を向けてくる。

「私にとっての男の人の格好良いって、雰囲気や所作、言動や表情に性格といった人柄をひっくるめてのものだと思います。表面だけの格好良さなんて、私にはハリボテにしか見えません」

「そ、それはそうだけど」

「勿論、周くんが客観的に見て誰もが見とれるような美形かと言われれば違うと思いますけど、顔立ちは整っていますし、先程も言ったように格好良さというのは見目だけを指す訳ではありません。周くんは些か口は悪いかもしれませんが礼儀正しくて、温厚で紳士的で優しくて、素っ気ない振りして何だかんだ世話焼きで困っている人が居たら手を差し伸べる、慎重だけどいざという時には頼りになる人です。総合的に見て、周くんは格好良いですよ。わ、私の主観と好みが入っているのは否めませんけど、周くんはすごく格好良いですから、自信を持ってください」

「も、もういい、分かった、分かったから」

「分かってないです。周くんは自信が持てない人ですから、私がちゃんと伝えないと」

「もういいから！」

真昼が力を込めて語るので、周は途中から羞恥で死にそうで呻きながら聞いていたが、これ以上褒められると恥ずかしさで泣きたくなるので、止める他ない。

大真面目に力説していた真昼に強く制止をかけつつ、これでもかと頬に熱を送り出す心臓を何とか宥めようと深呼吸する。恐らく、今の周は先程の真昼なんて目ではない程顔が熟れた林檎になっていだろう。

真昼が周の事を高く評価してくれているのは身に沁みて分かったので、もう事細かに褒めなくていい。むしろ褒められると心臓に悪いしそれだけ評価してくれているのだと嬉しさやら恥ずかしさやら居たたまれなさで逃げたくなってしまう。

視線を泳がせて必死に体を支配する熱と羞恥を抜こうとする周に、真昼は瞠目した後、嬉しそうに破顔した。

「……そういうところが可愛いんですよね」

真昼が言いたい事を今度は何となく理解して、赤らんだ頬のままに真昼を睨む。

「次言ったら口塞ぐからな」

「……どうやって？」

「どうやってって、そりゃ手で」

「なら、全然怖くないですね」

全然堪えた様子のない真昼は、その笑顔のまま周に、そっと手を伸ばす。

真昼のひんやりとした指の感触が熱を帯びた頬を冷やすように包んで、真昼に視線を固定させるようにやんわりと顔をまっすぐと真昼の方に向けさせた。

「……たとえ、あなたがそう思ってなかったとしても。私にとって、周くんはかっこいいですよ。心配しなくたって、周くんの素敵なところは私が見てます」

真正面から、春の日差しのような、それでいて涼やかな声音がゆっくりと周の心を優しく撫でるように、そっと周を称える。

ひゅっと息を呑んだのは、カラメル色の眼差しが確かな温もり……否、熱と慈しみを持って、周を、周だけを捉えていたからだろう。

（……だめだ）

こんな風に、感じた事のない程の熱量をひしひしと味わって、周は呻く事すら出来ない。

目を逸らす事もままならないまま、真昼の抱いた熱をそのまま感じていると、ふっと真昼の笑みが柔らかいものに変わる。

「かわいいひと」

その甘さすら感じられる囁(ささや)き声を聞いた瞬間、ぶわりと背筋に這(は)い上がるような甘美な痺(しび)れが走り、真昼の眼差しによって強くなった熱が体を満たす。

気付けば、頬に添えられたほっそりとした指を引き剝がして、そのまま真昼をソファの背に押し付けるようにして顔を寄せていた。

彼我の距離は、掌の厚み分だけ。

宣言通り真昼の口を塞いだ周は、自身の指の背に唇を当てたまま、動きを止めた真昼を見つめる。

煙るような長い睫毛(まつげ)の隙間(すきま)から窺えるカラメルの瞳は、驚きに見開かれていた。

危なかった、と周自身思う。

あんな瞳で見つめられて、煽られて、一瞬理性を手放してしまった。なけなしの理性が唇を塞ぐという名目で指を滑り込ませていなければ、お互いに一つの初めてを失っていただろう。

そのままなし崩しに出来たらどれだけよかったかと思いながらも、今更のように脳内で鳴り響く理性の警鐘に正気に引き戻されて、後悔しない選択をした事を感謝していた。

先程まで余裕綽々だった真昼は、指越しの口付けに固まって、いつの間にか頬に薄紅で化粧を施している。

結局想定外に弱いのは変わっていない真昼に小さく笑って、唇を浮かせる。

「……次、そういう事を言ったら、この手を退けて口を塞ぐぞ」

少し指をずらせば触れ合ってしまいそうな近さから少し離れる代わりに、そっと耳元まで唇を寄せて囁くと、顔が見えていない周にも伝わって来る程に大きく体を揺らした。

しかし突き放すような、拒むような仕草はしていない。その事に安堵しつつ、今度こそ周は真昼から体を離した。

真昼が今どういう表情をしているのか、見たくてもこちらはこちらで恥ずかしくて勝手に目を逸らしてしまう。

それどころか、あまりにも大胆な行為に及んでしまった事に猛烈に恥ずかしさを覚えて、ソファから腰を浮かせた。

今冷静でない事は自分も理解しているので、一度物理的に距離を取るべくそのまま立ち上がろうとして、抵抗を感じた。

引っ張られるような感覚に視線を落とせば、次の瞬間には甘い匂いが鼻先を掠める。

ぱち、と瞬きをした時には視界で亜麻色の絹糸が翻り、熱を帯びたままの頬にほんのりと柔らかいものが掠めたような感覚がした。

そしてぱたぱたとスリッパが床を叩いていく、軽快と言うより荒く忙しない足音が響いて、感じたもの全てが幻影だったかのように目の前から消えていった。

バタン、とどこか遠くで鳴る玄関のドアが閉まる音を認識しながら、周はそっと何かが触れた頬に手を添える。

「——何で」

呟くも、返事は当然ある訳がない。

勢いも気合も冷静さも、全て失った周は、落ちるようにソファに腰を落として、呆然と亜麻色の風が消えていった廊下を見つめた。

その日、真昼は再び周の部屋を訪れる事はなかった。

第12話 見ないふり、知らないふり

頬に触れたものは、何だったのか。

あの後結局真昼は周の家に戻ってこなかったので、そのまま翌日を迎えたのだが、寝る以外……正確に言えば悩みすぎて寝落ちしたのだが、睡眠以外真昼のあの行動の事で頭が占められていた。

本当に一瞬で、幻想か何かかと疑うくらいに僅かなものだったが、柔らかいものが頬に触れた。

詰められた距離やその感触からして何をされたのか何となく察せたのだが、その事について理解が追いついていない。

誰も想像しないだろう。あの真昼が、頬とはいえ唇を触れさせたなんて。

(……何で)

普通、キスという行為は相手に好意を持っていなければ出来ない事だ。

この時点で未遂とはいえ周も真昼に好意を示しているようなものなので、思い返すと気恥ずかしくなる。

ただ、周は結果的には何もしていないので言い訳がきかなくもないのだが、真昼は違う。頰とはいえ、実際にキスしたのだから。

ある程度好かれているし特別扱いされている事くらいは分かっていたが、頰に口付けされる程の好意だという事を突きつけられた形で、嬉しさというより困惑の方が強い。

（すきに、なってくれているのだろうか）

あまり格好いいところは見せられていないし、むしろ駄目人間なところしか見せていない気がするのだが、好きになる要素があるのか自分では自信が持てない。

そもそも自分を好きになってくれたなんて思うのはおこがましいのではないか、なんて後ろ向きな思考がぐるりぐるりと渦を巻いて、正しい思考の邪魔をしていた。

学校でも表面には出さないようにこそしていたが散々悩んでいた。

学校での真昼は周と目を合わせると微妙に視線を逸らしてしまうので、こちらも視線が逸れてしまう。

「あの人と喧嘩したか？」

その癖どうしても真昼を視線が追ってしまうので、勘が鋭い樹は周と真昼の微妙な距離感を察したのか、昼食時にそんな事を聞いてきた。

ちなみに本日は千歳と真昼は不参加で、男子三人での食事となっている。

「え、喧嘩したの藤宮」

「いや、喧嘩はしてないけど……まあ、その、なんだ、色々あったというか……」

キス未遂して逆に頬にキスされた、なんて説明が出来る筈もなくふにゃふにゃとした言葉で誤魔化す周に、樹は呆れた目を隠していない。

いいからはよ包み隠さず白状しろ、というのが視線から伝わってくるので、周は目を逸らすしかない。

「……とにかく、色々とあって、お互いに意識してるというか何というか……」

「お前さあ、いつまでへたれてんの？」

「うるさいな」

「まあ藤宮って慎重なタイプっぽいからね。確証を得るまでアプローチ出来ないんじゃないのかな」

「それがへたれって言うんだけどな」

何があったのかは理解していないだろうがどうせ周がへたれている、という確信のもとに二人から生み出される遠慮のない言葉が飛んできて、地味に刺さる。

「……好かれてるとか、自信持てたら苦労しないというか……もっと俺が男前だったら好かれてるって自信持てるけどさあ」

「藤宮ってどちらかと言えばスペック高いのに卑屈だからなあ」

「ほぼ最高スペックの門脇に言われても」

周が優太ほど文武両道でルックスも整っていれば、そう苦労しなかった。

真昼からの好意も恋愛感情によるものだと素直に受け取れただろうし、自分からも好意を伝えられた。何の気負いもなく真昼の隣に立てた。

真昼が本気で周の事を格好いいと言っているのは理解しているのだが、客観的な格好良さと主観的な格好良さは別だ。

真昼の主観が一番ではあるが、周囲の視線や自分の自信の持ち方を考えれば客観的な格好良さも磨いていくべきだろう。

「門脇を妬むとかそういうもんはないが、それだけあれば自信が持てたのかなって思うよ」

こんなにうじうじと本人に聞かない限り出ない答えに悩んでいるのは、自信がない故に答えに手を伸ばすのが怖いという情けなさのせいだ。

「今からでも自信つけてあの人に突撃しろよ」

「だから今頑張ってるんだろ。すぐにつくもんでもねえ」

一応、自信をつけるためにも努力している。勉強面は鋭意努力中、とりあえず今後も十位以内を維持出来るようにするつもりである。

比較的周は記憶力と要領はいい方なので、そう苦戦せずに成績は維持出来るのが救いだ。あとはその維持のラインを上げていくだけである。

問題は、運動だろう。

優太のように運動神経抜群ならよかったのだが、周は一般的な能力しか持ち合わせていないし、どちらかと言えば勉強面に偏っているので、目を見張るような活躍なんて望めない。

少しでも見栄えが良くなるように、健康と自信のために体を鍛えてはいるが、あくまで体を引き締めるという目的に重点を置いていてスポーツをするといった風に鍛えている訳ではない。

もう少し運動も得意であれば、来月に控えた体育祭でももう少し活躍出来るだろう、と自分で悲しくなってくる程だ。

「今回の件は置いておくとしても、俺は俺なりの速度で頑張るつもりだから、あんま急かさないでおいてくれ」

「藤宮がそう言うならそれでいいんだけど……見てる方はやきもきするよね」

「それな。背中蹴る会の会合次いつしようか」

「お前らまじで何作ってるんだよ」

まさか本当に作っていたとは思わず顔をひきつらせる周に、優太が困ったように「まあ応援って意味だから……」と微笑みながら肩を竦めた。

結局真昼のキスの真意について悩んだまま学校の時間を過ごし帰宅したのだが、家で真昼がくるのを待つ間に気まずさがどんどん増していた。

一応、メッセージで聞いたところ来ると返事があったので、来るには来るのだろうが、普段にはない緊張がある。

昨日の事があってから初めて二人で話す事になるので、周としては心臓と胃の痛みを感じていた。

ソファでのたうち回りそうになりながらやけに響く時計の音を感じつつ待機していると、玄関の解錠音が聞こえた。

思わずびくりと体を揺らしてしまったが、ここで動揺した姿を見せると真昼まで動揺して話にならなそうだったので、何とか堪(こら)える。

すう、と深呼吸を繰り返しながら側に気配が近付くのを待っていると、周に影がかかった。

どこか躊躇(ためら)いを持ちながらも顔を上げると、私服に着替えた真昼がいつものように……否(いな)、ほんのりと頰を色付かせて視線を泳がせながら、立っていた。

「……その、昨日はごめんなさい。ご飯の前に出て行って」

「い、いや、気にしてない、から」

ぎこちなく返事しながら真昼を見れば、真昼は油が切れた機械のように強張った動作で周の隣に腰掛ける。

普段触れ合いそうなくらいに隣に座るのに、今回は周から離れるように端っこに座ってクッションを抱えているので、相当に意識しているようだ。

隣にある事が当たり前になりつつあった温もりが離れてしまった事に寂しさを覚える反面、安堵してしまったのは昨日の事があるからだろう。

「その、昨日の、事、というか」

しばらく無言の後に躊躇いながらも切り出すと、長い亜麻色の髪が波打つように震えた。

「……あー、ま、真昼は……何で、あんな事を？」

曖昧な聞き方をしてしまった事は自覚しているが、本当に聞きたい事を聞くのは躊躇われたので間接的な問いになってしまった。

周の恐る恐るといった問いかけに、真昼は唇を結んで、ほんのりと不満げとも取れる揺れた瞳を向けたあと、ゆっくりと結んだ唇を開く。

「……い、勢いというか、意趣返し、というか」

「意趣返し」

「周くんだって、してきた、じゃないですか」

「い、いやまあそうなんだけどさ」

周のは未遂で真昼のは結果として完遂している、という大きな違いはあるのだが、今それを突っ込んだら真昼は脱兎のごとく逃げそうだったので、飲み込む。

「なら、私にもする権利はあるでしょう」

「……そういう問題じゃなくて。その……」

（――俺に、頬とはいえ、キスしてよかったのか）

そう直接聞けたら、苦労しない。

ただ、確実なのは、真昼は周のしようとした事に忌避感なんて感じていないし、自ら唇を寄せてもいい、と思っている。

どういう感情でした、という事が、抜け落ちているだけだ。

そこに周が答えを推測で埋める事も、出来なくはない。ただ、赤でバツをされる事が怖いから、答えを出さないだけで。

（情けない）

自分でも自分の後ろ向きさと女々しさに呻きたくなりつつ真昼を見れば、ほんのりと頬を染めた真昼に睨まれた。

「何ですか」

「……なんでもない」

それだけ返して、周は真昼を視界から出すように顔を背けた。

第13話　体育祭準備と新たな友人

「あー、私赤だー」

来月に控えた体育祭の組分け発表に、千歳は残念そうに声を上げた。

先に結果が見えていた樹が白にふられているため、一応敵対チームとなっている。

「折角なら名字にちなんだ色がよかったなー」

「それどっちにせよお前ら敵対するぞ」

樹の名字は赤澤、千歳の名字は白河。二人が紅白カップルと言われるゆえんである。

「そうか……これが悲劇……敵同士なのに惹かれあってしまった禁断の愛……」

敵同士になった二人が嘆く振りをしていちゃいちゃしているのを呆れも隠さず眺めた周は、振り分けが書かれた用紙を眺める。

周は、優太と一緒の赤組だった。おまけで千歳も居る。

逆に樹と真昼は白組に振り分けられていて、陸上部のエースである優太が居るとはいえ、白クラスの振り分けを見た限りやや運動部が白組に片寄っている。

まあ周としては勝とうが負けようがどちらでもよいのだが、真昼にあまり無様な姿をさらさないかやや心配だった。

「周は何出る？」

千歳とのいちゃつきを終えてきた樹が話しかけてくる。

彼は千歳と共にこのクラスの体育祭の実行委員だったりする。クラスのムードメーカーらしい樹らしくあるが、あまり面倒を好んだりはしないのでよく立候補したな、というのが素直な感想である。

「種目何あったっけ」

「選べるのだと短距離走に各種リレー、障害物競走に借り物競走、二人三脚、玉入れとかあと綱引きかな。部対抗リレーとかは帰宅部の周には関係ないだろうし」

「玉入れがいいかな」

「地味なやつ行くな……最低二種目だぞ」

「じゃあ玉入れと借り物競走希望しとこ」

真昼に無様な姿は見せたくないが、リレーや短距離走はそもそも運動部の独壇場といった感じなので、周の出番はない。

二人三脚も組む相手の樹は敵チームだし、優太が居るものの運動部の脚力とスピードについていける自信がなかった。

それなら無難なものを選ぶ、という呟き(つぶや)に、樹が苦笑を浮かべる。

「ほんとお前目立たないやつ行くな……いや借り物競争も場合によっては目立つけどな」

「あまり走る事がないからな」

「ブレねえなお前」

　運動部と正面衝突を避けたいし、文化部の事を考えた競技に参加しておくのが一番安全だった。

「問題は男子全員参加の騎馬戦なんだよな……お前敵だし」

　別にクラスで特に仲が良いのが樹と優太というだけで、他の男子と話さない訳でもない。

　お情けで優太のチームに入れてもらえなくもなさそうだが、それでもやはり微妙な疎外感を感じそうな気がするのである。

　大体は仲がよい同士で組むのだから、陰キャと自負している周は体育祭にあまり気乗りしなかった。

「ああ、それなら多分大丈夫だぞ」

「ん？」

「優太とカズ、誠がお前と組みたいって。ほら噂をすれば」

　樹が指で示した方を見れば、三人の男子がこっちに手を振っていた。そのうちの一人は門脇で、残る二人はあまり話さない相手である。

　周も彼らの事はある程度知っている。

優太が仲良くしている相手であり、優太が「折角なら俺の友達とも仲良くなってほしいな」と爽やかな笑顔で言っていた相手である。

一人は樹がカズと呼んだ、門脇と同じ陸上部で長距離走を得意としている真面目そうな雰囲気の男。名前は柊　一哉。

もう一人は男子の中でも比較的小柄で、女子曰く儚げと言われる九重誠。

どちらも周達と優太が一緒に居ない時に彼が過ごしている友人だ。

「おーい藤宮、こっちきてよ。騎馬戦のチーム組もうか」

彼らの中心で相変わらずの爽やかな笑顔で呼びかける優太に周が戸惑えば、樹が「行ってこいよ」と背中を物理的に押してくる。

やや躊躇いがちに近寄れば、にこにことした優太が迎え入れた。

「まだ藤宮は誰とも組んでないよな？　よかったら俺達と組んでほしいんだけど」

「俺はいいけど、二人的には良いのか？」

「構わないよ」

先に答えたのは、大人しそうな誠だった。

「優太も一哉も上背あるし、身長的には君が一番いいと思う」

「ああ、なるほど……」

恐らく誠は上に乗る側なので、騎馬の三人の体格が違えば乗りにくいし動きが遅くなると懸念(けねん)しているのだろう。

周は身長が高い方だし、優太や一哉と並んでもそう身長は変わらない。

体格だけで言えば周はひょろくて彼らのような頑強さとしなやかさはあまりないのだが。

「柊はいいのか？」

「いいもなにもそういうつもりで呼んだんだけどな。優太が仲良くしてるってのも気になったし」

「安心して、藤宮はいいやつだよ」

「まあ優太の見る目は確かだしそこは疑(うたぐ)ってないぞ。それはそれとして、俺自身が好んで付き合うかと言われたら接してみないと分からないから」

ごもっともな台詞(せりふ)をいただいて苦笑している周を、一哉がじっと見つめる。

周を吟味するような視線に微妙に居心地が悪かったが、いきなり仲のよい人間達の間に入るのだからこれくらいは当然だろう。

「まあ、よろしく頼む」

少なくとも付き合いを拒否する相手ではないと判断されたらしく、少しだけ柔らかい笑顔を向けられたので周も同じように小さく笑って「こっちこそよろしく」と告げた。

「疑問なんだけど、藤宮って椎名(しいな)さんと仲いいの？」

優太主導によるファストフード店での細(ささ)やかな交流会の際、静かにチキンナゲットを食べていた誠が思い出したように疑問をぶつけてきた。

周は、表情をなるべく変えないようにしつつポテトを頬張(ほおば)る。

騎馬戦に向けて……というよりは親交を深めようという思惑をもった優太の誘いで、四人でファストフード店に居るのだが、まさかあまり関(かか)わりのない人間からそんな事を聞かれるとは思っていなかった。

ちらりと優太に視線を投げれば「俺は何も言ってないよ」と言わんばかりに表情で否定されたので、誠の純粋な観察眼によるものだろう。

周としては、なるべく表に出さないように努力していた筈(はず)だ。

「何でまたそう思ったんだ」

「君らは優太含めて五人で結構話してたりするけど、椎名さんの態度が何となく樹や優太に向けるものと違うし」

「そうなのか？　俺は全然気付かなかった」

意外そうにこちらを見てくる一哉は純粋に驚いているようで、目を丸くしていた。

「他の人も気付いてないと思うよ。他は単に嫉妬(しっと)の眼を向けているだけだし」

「それが怖いんだが……」

「で、その様子だと合ってるのかな」

どこか感情の読めない顔で問う誠に、周はどう答えたものかと優太に視線を寄せる。

優太は、彼らの事を信頼してるらしく問題はないと思うよ、という旨の眼差しを返してきたため、頬をかいた。

誠は確信を持っているようだが、あまり言い触らしたくはない。

ただ、優太の人を見る目は恐らくよいし、誠の疑問は詮索というよりは純粋に気になったからというもので悪意があるようなものでもなかった。

「……まあ、仲がいいと言えばいい方だな」

「椎名さんの方から構ってるように見えるし本当だろうね」

「……そんな風に見えたか？」

「なんとなく」

恐ろしきは誠の観察眼である。

この分だと下手に誤魔化すよりはある程度真実を言った方が疑いを持たれないし交友があるという真実味が増すだろう。

「単純に、家が近所で話す機会があって親しくなっただけだよ」

「もしかして、二年生になる前から？」

「まあ。学校で交流するようになったのは二年からだけど」

流石にお隣さんで毎日真昼が家を行き来してご飯を作っているなんて言える訳がないし、あまりに現実的ではないので、ある程度の真実に触れるだけにしておいた。

周の説明に「優太は知ってたの？」と優太に視線を向ける誠。

本人が言ったのだから隠す事はないだろうという事で優太も頷くと、誠がそっとため息をついた。

「なんというか、お人好しって言うか」

「お人好し？」

「いやこっちの話。……優太、僕達に隠し事してたんじゃん」

「流石に藤宮が言うまでは言えないからなあ。一哉と誠が言いふらすとは全く思ってなかったけど」

「当たり前だろう。俺がわざわざ人に嫌がられる事をする訳がない」

「一哉はそういう実直なところが美徳だよな」

にこやかな優太に、称賛を受けた筈の一哉が首を傾げる。何を当たり前の事を、と言わんばかりの表情は、人の善意を疑わないものだ。

ある種の危うさがある気がしたが、善人という事は変わらない。

優太とは別のベクトルで真面目で品行方正と名高い一哉に若干あっけに取られつつ、やはり優太の友人だな、としみじみ納得した。

彼の人の見る目はかなりよい。友人として付き合う相手としては、申し分ないだろう。

「つまり、俺は人に話さなければいいのだな」

「まあ一哉はあんまり嘘つけないだろうし、知らない振りをしておくのが一番だと思うよ。というか仮に仲いい疑惑があっても、わざわざ一哉に聞くよりは樹とか優太に聞きそうだからね」

「違いない」

くすりと笑った優太に、周も安堵する。

「まあ、そうしてくれるとありがたい。俺はあいつに迷惑かけたい訳じゃないからさ」

むしろ隠しておきたい派なので、言い触らさないでくれるのはありがたい。

「あいつも、自分の交友関係であれこれ言われるの嫌だろうし。そっとしておいてほしいんだ。あいつのためにも」

バレればこっちに非難と嫉妬が飛んでくるのは理解しているし覚悟もしているが、真昼は真昼で悪意のない「何で藤宮なんかと？」という言葉が向けられるだろう。

それだけ、学校の人間にとって真昼はある種の天上人……とまではいかないが、特別な存在なのだ。

高貴な人間が一般庶民と交流する事を周りが咎めるように、真昼にも疑問の声が飛ぶ。

それは当然の疑問ではあるだろうが、真昼が恐らく不快になるだろう。人付き合いくらい自分で選ばせてほしい、と。

それに……おそらく、ではあるが、真昼は周が馬鹿にされる事に怒ってくれる、そんな気がした。

わざわざ真昼の心を乱すような事はしたくないので、なるべく秘めておきたい。

（……まあ、公にしたがっている気がしなくもないが）

最近の接触から少しずつ距離を詰めてきている気がしているものの、気のせいだと思っておく。

「……あー、あー……」

「なんだ九重」

「……いや、何となく察してきた。苦労するなあ」

困ったような、というよりは呆れが些か強い表情でこちらを見てくる誠に、周としては首を傾げるしかなかった。

「優太、もしかしてこれ」

「そうだよ」

「何だ、何の話だ？」

「多分一哉には分からない話だから気にしなくていいよ」

ばっさり切った誠にも、一哉は気分を害した様子はなく「なら分からんままでいいな」と笑っている。これも彼らなりの信頼と友情がなせるものだろう。

何やら優太と誠が訳知り顔で頷いているので、周は何を二人で理解したのか……とポテトを摘まみつつ困惑の表情を浮かべるのだった。

「真昼は体育祭の競技、何の希望出したんだ」

夕食後、冷凍庫からアイスを取り出しながら残り物をタッパーに詰めている真昼に問いかける。

一応、数日前のキス騒ぎから時間が経って空気も落ち着いた周と真昼ではあるが、微妙なぎこちなさが完全に消えた訳ではなかった。

お互いにどうしても意識してしまって、今までのような距離感はない。隣に座りはするが、触れ合うとまではいかない距離で落ち着くようになった。

今日の夕食の空気感も和やかさは残しつつもほんのりと固さがあったので、ぎくしゃくとまではいかないがお互いに相手を意識してしまっているのは明確だった。

本日の夕食であった筑前煮をタッパーに詰めた真昼は、スプーンを周に手渡しつつ「そうですねえ」と思い出すように視線を上向かせた。

「私はリレーと借り物競走ですね」

「おお、被ってる。俺は玉入れと借り物競走希望」

希望が通るかは分からないが、玉入れは正直あまり人気がないので通ると思っている。

借り物競走は通るか微妙ではあるが、まあ第三希望の障害物競走になっても問題はない。

あれは純粋な脚力というよりはバランス感覚や柔軟性を問われるものなので、周の平均的な脚の早さでもチームの脚を引っ張る事はないだろう。

「徹底的に運動する気がないですね」

「餅は餅屋だ。俺はそんなに運動神経よくないし」

「……周くんは体育の成績は平均的でしたよね、確か」

「残念な事にな」

これで運動神経までよかったらもう少し体育も積極的に取り組んだだろうが、生憎周は然程運動が得意ではない。

苦手と言いきるほど致命的に悪い訳でもないので、あくまで平均的という評価に落ち着いている。

まあ優太や真昼といった努力と才能が組み合わさったような二人とは違い、文武両道なんて夢のまた夢だ。

「……正直、周くん体育祭嫌いですよね」

「まあ運動は嫌いって訳でもないが、強制されてする運動は嫌いだ。個人で自由に運動する分には好きって感じかな」

二人でリビングのソファに戻りつつ、苦い思い出の冬季マラソンを思い出す。

体力がない訳ではないし授業でやるような距離なら走りきれるのだが、時間制限がつけられて距離も指定されるというのは正直面白くないのだ。

普通に自分のペースで自分の目標分走るには気持ちいいので、やはり強制というのは精神的によくないものだと痛感している。

渋い顔をする周がアイスの蓋を取っているのを見ながら、真昼は小さく苦笑する。

「分からなくもないですよ。私も誰かに強制されるのはあまり好きではないですから」

「だろ。だからまあ、普通にこなして貢献するくらいだ」

流石に手を抜きすぎれば非難が飛んでくるだろうし、周としても罪悪感がある。

なので、死にものぐるいは無理であるが、適度に実力を発揮出来るように頑張るつもりだ。

まあ、希望した種目通りなら頑張る部分があまりないのだが。

「ふふ、活躍する周くんが見られないのは残念です」

「任せろ玉入れで活躍する……かもしれんぞ」

「かもしれないんですね」

「まあ地味な種目だから目立たないし」

何故高校生にもなって玉入れという可愛らしい競技が入っているのか分からない。今では廃れている高校もあるだろうに、我が校ではまだ続いている。

運動音痴に対する救済なのかもしれないが、それにしても玉入れは緊張感に欠ける絵面になりそうである。

「周くん割と物投げて狙うの得意ですよね。この前体育のバスケでシュート決めてましたし、ゴミ箱にティッシュとか投げて外した事ないですし」

ものぐさですけど、と小さく付け足した真昼に周は苦笑いするしかなかった。

「ものぐさは許してくれ、ゴミ箱から外れてないから」

「まあ家だからいいですけどね。でも、ほんと周くん狙いは的確なんですよね」

「投げるのは割と得意だぞ。ダーツとかも割と得意。母さんに連れてかれてよくやった」

母親の息子連れ回しツアーは多岐にわたる。

サバイバルゲームや渓流下りといったアウトドアからダーツやらボウリングやらゲームセンターやらと様々なところに連れていかれて無駄に特技になっている。

今回はそれが役に立ちそうなので、一概に無駄とは言い切れないが。

「周くんってある種の英才教育受けてませんか」

「遊び方面では受けてるかもしれんな」

「ある意味すごいですね、志保子さんも」

呆れというよりは感心したように呟く真昼だが、つれ回され続けた周としては全面的に肯定する事も出来ない。

ただ、志保子に感謝しているのは確かだ。

色々な経験を積ませてくれた事もそうだが、中学時代、塞ぎ込んだ時も変わらず接してくれたお陰で、致命的なところまでひねくれずに済んだ。

それはそれとして、やはりつれ回して疲労させるのは止めてほしいが。

「……ま、種目が種目だし目立つ事はそうないと思ってる。それなりに頑張るよ。若干憂鬱(ゆううつ)だけどな」

そう結んで、ほどよく溶けてきたアイスにスプーンを差し込み、一口分掬(すく)う。

ちなみに今手にしているのはコンビニ限定の有名な高級チョコレート会社が出す甘さ控えめ濃厚なカカオ味のアイスだ。

市販品としてはお高めなものなので、一口一口大切に食べようと思っている。

「そんなに嫌ですか、体育祭」

「いや、ちょっと暑くなってきたのに体操着で外に半日居るって嫌だろ。テントがあるとはいえ」

「まあそう言われるとそうですけどね。でも頑張らなきゃだめですよ？」

「それなりにやるよ」

「もう」

唇を尖(とが)らせた真昼だったが、視線がスプーン、正確に言えばアイスに吸い寄せられているので、つい笑ってしまう。

甘いもの好きな真昼の分も買ってくれればよかったな、と思いつつ、試しに真昼の前にスプーンを持っていけば、瞳がぱあっと輝いた。

昔に比べると本当に随分と分かりやすくなってきたなあ、とひっそり笑って真昼の唇に近付けると、真昼は飼い主に手ずから餌を与えられる子猫のごとく遠慮なくスプーンを口に含んだ。

へにゃっと瞳が細まる。

おそらく、美味しいのだろう。表情からして分かる。

周もそうだが、真昼の舌は人より敏感だし味の良し悪しをしっかり判断出来るタイプだ。彼女が美味しそうにしてるのなら当たりだろう。

「……これいいやつじゃないですか」

「分かるか」

「というかパッケージ見れば分かります。思ったよりも美味しいです」

「そうか。ほれ」

もう一口分差し出すと、素直にぱくりと食べて満足げな笑みを浮かべている。

室温に少しの間戻したアイスよりもとろけた表情に、内側の熱がじわじわと顔に上がってきた。

（……しまった、普通に食べさせていた）

なるべく真昼とは正常な距離感を維持しようとしていたのに、すぐこれである。

真昼は真昼で周の事を意識していたにもかかわらずこうして油断した表情を見せているので

お互い様ではあるが、男にあーんされて喜ぶなんて、普通はない事だ。

「……真昼、全部やる」

「え？」

「俺、珈琲淹れるからいいや。やる」

困惑する真昼にアイスのカップとスプーンを押し付けて、周は逃げるようにキッチンに向かってコーヒーメーカーにやけくそ気味にフィルターとコーヒー豆を突っ込んだ。

第14話　臆病だった自分にさようならを

六月初旬――徐々に汗ばむ季節に移り行くこの頃（ごろ）、周（あまね）の通う学校では体育祭が行われる。

高校の体育祭は小中の運動会といった和気藹々（わきあいあい）とした行事というより、どちらかと言えば授業の延長線上といった雰囲気のものであり、父兄が観覧に来る事もない。

それでも数少ない行事と言えば行事なので、一部の生徒には熱意がみなぎっている。特に運動部の下級生達は顧問に自分の能力を見せるチャンスだと思っているのか、張り切っていた。

逆に文化系の部に所属している生徒はあまり気乗りしていないのも多い。

帰宅部の周も後者だ。

「だるい」

同じテントに居る生徒が小さく呟（つぶや）いたのが聞こえて、周はひっそりと苦笑する。

周も気乗りはしていないが、あからさまにやる気がないという顔をするほどでもないので、涼しい顔をしている。

幸いな事に出場希望が第一志望で通ったので、無駄に走り回るような種目には出場しない事になっていた。走り回るとすれば精々男子全員参加の騎馬戦くらいなものだろう。

「藤宮(ふじみや)は嫌そうにしてないな。てっきり嫌なのかと」

同じ赤組に割り振られたテントに居る優太(ゆうた)が意外そうに周の顔を見る。

「まあ希望通ったし、暇な時間があるってだけで今回はそこまで嫌でもない。まあ勉強してる方が楽だとは思ってるけど」

「それはそれで珍しいと思うけどな……」

「藤宮は勉学面に秀でている代わりに運動は得意ではなさそうだからな。仕方あるまい」

近くで話を聞いていた一哉(かずや)に、周も否定しきれず苦く笑う。

まあ実際にそうだから否定のしようがないのだが、やはり人から指摘されるのは複雑な心境だ。

勉学に秀でている、という評価は勿論(もちろん)ありがたいし他人からそう見えているという事に感慨を覚えるのだが、やはり文武両道に憧(あこが)れるのは仕方ないだろう。

「ちゃんと門脇(かどわき)に教えてもらった通りにトレーニングしてるけど、もう少ししっかりしたメニュー組んだ方がいいかな」

「うーん、俺(おれ)達がやるのはスポーツマン向けのメニューだから藤宮みたいにただ鍛えるだけなら今のままでもいいと思うけどなあ。もうちょい家近かったら藤宮とジョギングとかしてもよかったんだけどな」

「門脇のスピードと体力についていける訳ないだろ」

「そうだよ。僕それやって死にかけたの覚えてないの、優太。君のはジョギングじゃなくてランニングだし」

どうやら誠は優太のジョギングに付き合った事があるらしく、げんなりとした表情だった。

ちなみに彼は運動部系ではなく文化部系であり、天文部に所属しているそうだ。華奢とも言える細身で小柄な体や白い肌といい、とても運動が出来るといった風貌ではない。

といっても、華奢で小柄な真昼がバリバリ運動をこなすので一概には言えないが。

「いや、藤宮なら行けると思うんだけどなあ。マラソンとかもそんな疲れてなさそうだし」

「最近トレーニングしてるし、老いた時を考えて衰えないようにしているけど、体育系には敵わないぞ？」

「今から老いた後を考えてるの君くらいだよ……」

「藤宮は変なやつだな。いや、面白いと言った方がいいのか」

「それは褒められているんだろうか」

一哉は性格も実直で誠実な男だが、言葉も真っ直ぐ……端的で遠慮がない、というのも関わりだして理解した事だ。

「一哉的には誉めてるんだと思うよ、多分」

「じゃあありがとう」

「どういたしまして」

「なんなのこのやり取り……」

呆れも隠そうとしない誠であったが、嘲りというものは見えず単に呆れているだけだった。

それも僅かに微笑ましそう、といった色が見えるので、表面上だけの意味ではないだろう。

「まあまあ。一哉が天然なのはいつもの事だから」

「俺は天然ではないと思うのだが……」

「知らぬは本人ばかりなりってね。いいよ一哉は気にしなくて。ありのままの君で居てちょうだい」

「む、そうか？」

あっさり納得してそれ以上追及しない一哉に、周は「それでいいのか……」と呟きつつ、グラウンドの方を見る。

グラウンドでは、選手達が短距離走をしていた。

トラックの長さからして百メートル走だろう。第一走者が終わったらしく、第二走者が並び始めている。

第二走者は女子達のグループのようで、我が軍でも足が速い女子が集まっていた。

見慣れた赤茶の髪をした少女も居る。

「千歳、現役陸上部差し置いて出てるけどそんな速いの？」

「ああ、白河さんは速いよ。中学時代は陸上部エースだったんだよ」

「え、そうなのか」

「うん。高校では入らなかったみたいだけど。部の先輩と揉めるのはめんどくさいって」

「揉める前提というところに突っ込めばいいのか」

「や、うん。これには事情があるというか……まあ、懲りたというか疲れたんだろうけどね」

「……疲れた？」

「白河さんが樹と付き合うのに紆余曲折あったんだよ。なんというか、うん、樹の事が好きな先輩が陸上部に居てね、それも白河さんがその先輩よりもタイムとかよくて……不仲っていうか、まあ色々と、ね」

「あー、察した」

今でこそ二人は学年中が認めるカップルであるが、中学時代、付き合う前は樹が千歳に猛アタックしていた、というのは本人から聞いた。

今よりも若干冷めた性格をしていたらしい千歳を口説き落とすのに多大な時間がかかって付き合う事になったそうで。

その様を、樹に恋する部の先輩が見ていたというのなら、揉めるのも想像に難くない。

「しがらみとかがめんどくさいからって、部活に入らない事にしたらしいよ。でもまあ、走る事自体は好きみたいだし、よく休日に走ってるの見かけるよ」

家が近所だしね、と付け足して優太は笑い、クラウチングスタートの体勢を取った千歳を眺める。

素人（しろうと）に近い周から見ても、千歳の体勢は堂に入ったものだし、綺麗（きれい）とすら思える。

遠目に見た彼女の表情は、いつもふざけて笑うような屈託（くったく）のないものではなく、真剣みを帯びた鋭いものだった。

空砲の音が、グラウンドに響き渡る。

その瞬間、誰（だれ）よりも早く動いたのは千歳だった。

誰が見ても口を揃（そろ）えて綺麗だと言うようなフォームで走り出した彼女は、現役の陸上部所属の女子すら置き去りにして、それこそ風のように走る。

柔らかい髪が置いていかれるように後ろに流れ、体はただひたすらに前に出る。力強く地面を踏み締めた足は他の選手よりも速くゴールに向かっていた。

思わず見いってしまうほど美しい走りを見せる彼女は、気付けばゴールテープをきっていた。

誰よりも先にコースを駆け抜けた千歳は、一番の旗を持って赤組……こちらの方を見てにっかりと笑っている。

満足そうにぶんぶんと旗を振っている姿は、微笑ましさすら感じさせた。

百メートル走が終わって帰ってきた千歳は、自慢げに胸を張っている。

「ただいまー。見てた？」

「見てた見てた。速かったね」

「わーいありがとー！」

「そうだな。やはり白河の走りは見ていて気持ちいい」

現陸上部所属の二人から褒められてご満悦な千歳に、周も「お疲れ、速かったな」と称賛を口にする。

実際想定外に速くてびびったのだが、千歳の方は気負いもないようで「あー楽しかった」とのんびり笑っている。

走っている最中とは打って変わった緊張感のなさは千歳らしく、周も安堵に頰を緩めた。

「しかし、白河は変わらず速いな」

「へっへー、そりゃトレーニングは日課にしてるからねえ。流石に現役時代ほど速くないけど」

どうやら中学生時代はこれよりも速かったらしいから驚きである。周の周囲は身体能力や頭脳面等何かしら優れた人間が多いので、平凡な周としては羨ましい限りだった。

一哉も優太達と同じ中学だったらしいが、彼もやはり陸上部に所属していないのにこれだけの速さを出せる事に驚いている。

「いつも思うが、何故あんなに速いのか。やはり表面積が少ないとかなり風の抵抗が減るのだろうか」

「ねえかずやん、表面積ってどこを指してるの」

「ん？　身長の話だが」

それ以外何があるんだ、と純粋な瞳（ひとみ）で千歳を見た一哉に、千歳が眉（まゆ）を寄せた。

これは怒りというよりは自分に対する羞恥（しゅうち）からだろう。胸部の事を言われていると思ったに違いない。

ちなみに千歳は真昼のような小柄さではないが、身長が高いとまでは言えない。

女子の平均からすればやや高いが、陸上選手にしてはそこまで高くないといった風だ。

その上どちらかと言えば細身だからこそ、一哉はあの速さに驚いたのだろう。

彼の様子から他意は感じられないので、完全に千歳が早とちりしただけである。

「自爆したなあ白河さん」

「まこちんうるさい」

さっと頬を赤らめてべしべしと誠の背中を叩きながら側に座る千歳に、周は彼女にばれないように小さく苦笑した。


周の出番は基本的に出場種目である玉入れと借り物競走、そして男子全員参加の騎馬戦くらいで割と暇である。

他のパッションに溢（あふ）れた生徒は二種目より多くを希望しているが、周はそういった熱意はなかったので二種目と全体競技のみに抑えていた。

因みに玉入れは既に終わっている。

本当に盛り上がりのない競技というか、まあ玉を高い位置にある籠に入れるだけの作業だ。中に入れる玉こそ奪い合いであるが、元々量が多い上にそんなムキになってするものでもないので、終始和(なご)やかな争いをしていた。

活躍をしろと千歳に背中を押されて出場したものの、玉入れに活躍もなにもないだろう。

普通に玉をいくつか拾って向きを変えて重ね、まとめて投げるという地味な作業の繰り返しなので、目立つ事はなかった。

ただ、狙(ねら)いが正確だったのと玉をまとめた事が功を奏したのか、白チームより玉の数は多かった、くらいだろう。

「ほんと地味な種目行くよねえ周」

「うるせえ。お前そろそろ交代の時間だろ、行ってこい」

「あ、そうだった」

スケジュールを見ながら「実行委員って結構忙しいのよねー」とこぼしつつ彼女は運営のテントに向かっていく。

なら何で立候補したんだよ、と思わなくはなかったが、今更だろう。

ぱたぱたと小走りで向かう千歳の背中を眺めながら、テントの支柱に貼(は)り付けられた本日の日程を確認する。

午前中の日程は、あと数種目で終わる。周が個人種目としては最後に出場する借り物競争も、その数種目に含まれていた。

残る種目が終わればお昼休憩を挟み午後の部に移る。

とりあえず、周は借り物競走が終われば後は午後の騎馬戦で出場種目はなくなるだろう。

「……つーか借り物の時あいつ運営じゃねえか」

千歳がこのタイミングで交代にいったという事は、残る種目は恐らく千歳が担当する事になる。確実に借り物競走の判定員も彼女になる……というか狙っている気がする。

誰が借り物のお題を考えているのか知らないが、あまりロクなお題がなさそうでやや怖かった。

微妙に気が重くなりつつも次の次に控えた借り物競走の集合場所に行くと、同じく希望が通ったらしい真昼が静かに佇(たたず)んでいた。

別に話しかける用事がないので周も口を閉じていたが、真昼と視線が合うと淡く微笑まれて目礼される。

外では他人として接しているのだが、少しだけいつもの笑みが滲(にじ)み出た表情に、少し心臓が跳ねた。

周も無表情で同じように返したものの、なんというか居心地の悪さは否(いな)めない。

そんな周と真昼を、体育祭の運営として集合をかけていた千歳は愉快そうに見守っていた。

借り物競走の番になり、係員……この場合は千歳の指示に従って、グラウンドに入場する。

既にグラウンドには折り畳まれた紙がいくつも散らばっており、スタートの合図が出たらその紙を拾ってそこに書かれたお題のものを持ってくるだけ。

借り物競走は他の走る種目と違い息抜きに近いような種目だし、借りものを楽しむといった目的があるので、さほど真剣みはない。

ただお題によっては晒し者になる場合もあるので注意が必要だろう。

「出場する選手の皆さんはスタートラインに並んでください」

マイクを使ってはきはきと指示する千歳は、ふざけなければ本当に司会向きな少女だ。明朗な人柄もそうだが、空気を読む事も状況を読む事も出来るし、聞き取りやすく高すぎない澄んだ声は、耳を傾けさせるに充分なものだろう。

全校生徒と職員に見守られているので、今のところおふざけは一切なしの千歳が「位置について」と合図する。

号砲自体はもう一人の係員の男子が持っているので、あくまでカウントをするだけだろう。

千歳の「用意」という言葉の後、一拍置いて空砲の音が響く。

この音はいつになっても心臓に悪いが、それはおくびにも出さずに緩く走って落ちている紙の元に向かう。

既に早い選手は開いてお題を確認しており、周も彼らに続くように一つ折り畳まれた紙を拾い上げて、中身を確認する。

中には、几帳面そうな文字でこう書かれていた。

『美人だと思う人』

こういうパターンも想定してはいたが、物ではなく者を借りてこいというお題だった。

本当に誰がこのお題を考えたのかと突っ込みたくなったが、ギリギリこのお題は周でもクリア出来る。

一番困る『好きな人』とかでもないし、客観的に見て美人な人を連れてくればいいのだ。

つまり、誰もが認める美人……真昼を呼べばいい。真昼の借り物が終わってゴールするついでに一緒にゴールすればいいだけだ。

真昼を連れていくのはかなり目立ちそうではあるが、お題がお題なので中身を知れば妥当なところだと判断してもらえるだろう。

そう思って同じようにお題を拾っているであろう真昼を探そうとして……横から、Tシャツを摑まれた。

摑まれたというよりは摘まれた、と言った方が正しいのだが、裾の部分をくいくいと引っ張られて、周がなんだと振り向く。

そこには、今求めている人間が遠慮がちにこっちを見ていた。

「藤宮さん、借り物が藤宮さんなので藤宮さんの借り物が済んだらご同行願いたいのですが」

「え、俺？」

「はい」

まさか互いが借り物だったとは思うまい。

ある意味好都合であったが、非常に目立ちそうな気がする。

グラウンドのど真ん中で真昼に話しかけられている時点で目立つもなにもないが。

ゴールラインの向こうでは、判定員の千歳がにやにやした様子でこちらを見守っている。

（あいつ後で覚えてろ）

お題の文字がそもそも千歳の書いた文字なので、彼女がある程度狙ったお題もあるだろう。

真昼が何を引いたかは知らないが、わざわざ周を指定するのだから真昼にとって譲れないお題がきたに違いない。

「あー。……ちなみに借り物は？」

「秘密です」

ゴールしたら読み上げられるというのに、真昼はお題を口にしようとはしなかった。

なので、ため息をついてゴールに向かう。

「俺も借り物お前だからゴールするぞ」

「……藤宮さんこそ借り物何なのですか」

「秘密」

真昼と同じような答えを返すと、小さく笑われた。

「そうですね、ゴールしてからのお楽しみです」

囁いて、真昼は周の手を取った。

周囲がざわつくのもお構いなしに、真昼は周に触れてゴールに向かう。

周としては微妙に胃が痛かったが、上機嫌そうな真昼を見ているとまあ仕方ないかと思えてしまうのだから、惚れた弱味だと自覚していた。

周にとって微妙にアウェー感の漂うグラウンドを駆け抜けてゴールラインまでたどり着くと、実に上機嫌そうな千歳に迎えられた。

思わず舌打ちをしたものの、気に留めた様子もない。

「おっと、これは二人でゴールぅ？　双方借り物競走の走者だったと思うんだけど」

「千歳この野郎、にやにやしやがって。互いが借り物だったんだよ」

「ははーん。じゃあお題の確認するけどどっちからで？」

「藤宮さんからでお願いします」

きっぱりと真昼が指定して驚いたが、千歳が心得たと言わんばかりに周の持つ紙を指で示す。見せろ、という事だろう。

特に隠すものでもなかったので、あっさりと彼女に向けてお題を見せる。

お題の中身に微妙に千歳ががっかりしたような表情だった。

何を期待していたのかは知らないが、お望みのものではなかったのだろう。

それでも気を取り直してにこやかな表情でマイクを口許に寄せる。

「ただいまお題確認中です。赤組一着のお題は……『美人だと思う人』ですね」

群衆は読み上げられたお題に、どこか安堵したような空気をかもしている。

実に無難なチョイスだろう。学内で真昼以上の美人は周が知る限り居ないし、周にとってはやはり真昼が一番可愛（かわい）いのだ。

周の個人的な意見を除いても、真昼を連れてくる事はなんらおかしくない。

真昼と二人でゴールした事で周に敵意が飛んできていたのだが、お題の内容で多少和らいだように思える。

問題は真昼側のお題だろう。

何が書かれているかは周は知らないのだが、わざわざ周を指定する辺り周の平穏な学生生活的によろしくないもののような気がしてならない。

千歳は真昼からお題が書かれた紙を受け取って、ぱちりと目を瞬（またた）かせて、それから真昼を窺（うかが）う。

周の方からは何が書かれているのか見えなかったが、千歳の表情からは「言ってもいいんだよね？」といった色が見えた。

（一体何のお題で俺を連れてきたんだ）

千歳の反応で、ますます分からなくなる。

真昼は穏やかな微笑みをたたえたままだ。つまり、そのまま読み上げても問題ないという意思表示である。

千歳はそれを確認して、いつもの笑みに戻る。

「えー、続いて同着ですが白組一着のお題確認です。白組一着のお題は……『大切な人』です」

千歳の声がグラウンドに響いた瞬間、生徒の待機所の方からざわつきが生まれる。

反射的に真昼の方を見れば——彼女は、こちらに視線を合わせて薄紅の唇に弧を描かせた。

それは、悪戯に成功したような子供の笑みにも、照れを含んだはにかみにも、見えた。

間違いないのは、周がこのお題を知った時の反応を見るためにこちらを見ていた、という事だろう。

（小悪魔め……）

思慮深い真昼なら、お題が公になった時点で周囲がどう反応するか予想する事くらい容易だろう。

それでも真昼は周を借り物として選んだのだ。関係に変化をもたらすために。

これからは、中途半端な他人としては居られない。

いつも学校で見せるような美しい笑みではなく、周に見せる素の微笑みに、周は「絶対後で周りに問い詰められる」とぼやいてぐしゃりと掌で髪を掻いた。

1
2

「どういう事だよ藤宮」

　案の定、午前の部が終わって教室に帰ったらクラスの男子に詰め寄られる羽目になった。

　高嶺の花であり憧れの存在である真昼が、衆目の中周を大切な人として借りてきたのだ。男子的には心中穏やかでないのも分かるが、一気に詰め寄られても周としては困るだけである。

「なんでお前椎名(しいな)さんと⁉　大切な人って」

「つーかいつから！」

「全然接点なかったよな⁉　ご飯食べ始めたのもつい最近だろ⁉」

「どこだ！　椎名さんはお前のどこがよかったんだ！」

「全く理解できん！」

　矢継ぎ早に言われて、周はつい遠い目をしてしまう。

　正直問い詰められるのは予想していたものの、想定以上に男子から質問攻めにされていて昼ご飯を食べる時間なんてないくらいだ。

　当然男子だけが反応している訳ではなく、女子は質問には参戦しないが値踏みするような視線と愉快そうにしている視線、そしてどこか安堵したような視線を投げてくる。

　おそらく、真昼という、女子にとって最大のライバルのような存在が周に好意を寄せている、という事によるものだろう。

値踏みするような視線は、あの真昼が想いを寄せる相手がどんな人間なのか、というものだ。クラス中から視線を集めている周としては、非常にいたたまれない。

ちなみに真昼本人はスポーツドリンクを自動販売機に買いに行っていて居ない。樹と優太は男子達の勢いに少し離れた位置で「あーあ」と苦笑しているし、千歳は微妙にわくわくした表情でこちらを見守っている。

この薄情者、と悪態をつきたくなるのを堪えつつ、周は周囲のクラスメイトになるべく普段通りの表情を見せるように顔を上げた。

もう、逃げられないのであれば、腹を括るしかない。

それに、真昼の気持ちから、目を背ける訳にはいかないのだ。真昼が踏み出した一歩を、伸ばした手を、周が振り払うなんて出来なかった。

完全に自分に自信がついた訳ではないが、それでも、こうして真昼が公の場で口にした勇気を無駄にしたくない、その思いでゆっくりと口を開く。

「一気に質問されても答えられないし、せめて一つ一つにしてくれ」

どうせ好き勝手噂をされるくらいなら自分の口で事実を伝えた方がいい、と腹を括って前を向けば、男子達がたじろぐ。

周が全面的に認めて開き直るとは思っていなかったようだ。思いたくなかった、が正しいのかもしれないが。

「……一体いつから椎名さんと仲良かったんだよ」

「去年から」

どうせ隠したところでそもそも周が真昼の隣に居るために身なりを外行き用に整えたら露見する事なので、なるべく気負わないように口にする。

「は、え、じゃあお前、初詣とかゴールデンウィークで椎名さんと噂になってた男っていうのは」

「……俺だろうな」

なので、クラスメイト達の中で真昼がゴールデンウィークに言った「大切な人」がつい先程言った「大切な人」と＝で結ばれるのは簡単な事だろう。

ちょうどゴールデンウィークでのお出かけを目撃したらしいクラスメイトの女子がこちらを見てくるので、怪しまれない程度に視線を逸らしておく。

皆の興味を引いていた謎の男の正体が自分である事にほんの少しだけ申し訳なさはあるが、真昼は真昼で周の事を格好いいと思ってくれているらしいので、今のところはそれでいいだろう。

値踏みするような視線が強くなるのをひしひしと感じながら、出来うる限り詰め寄ってくるクラスメイト達に凪いだ瞳を向ける。

「ど、どうやって仲良く」

「特に接点なかったじゃねえか！　つーか何で最初は他人行儀に」

「近所に住んでたからその縁だ。あと、他人行儀だったのはこうやって騒がれるのが分かりきってたし、今みたいに絶対に根掘り葉掘り聞いてくるだろう」

まさに今のような事があるから言わなかった、と示せば詰め寄っている側も思う事があったのか軽く唸る。ただやはり交友に不満はあるのか「納得いかねえ……」と呟くので、別に周も納得してほしい訳ではないので流した。

「……藤宮は、その、椎名さんと付き合って」

それから一人が、恐らく一番気になっている事を、問いかけてくる。

周は、静かに微笑んだ。

「仲はいいし、お互いに大切に思っているという自信はあるけど、付き合ってはないよ。俺が、勝手に想ってるだけだから」

好き、という言葉は使わない。

こうなった以上、使うのは本人に対してだ。本当は好きという言葉では伝えられないくらいにたくさんの感情を内包した好意があるが、端的に伝えるならこの一言が一番だろう。

半ば公開処刑だが、どこか気が楽なのは、隠す必要がなくなって素直に口に出来たからだろう。

「天使様に興味ないって」

「嘘は言ってない。天使様、には興味はないよ。俺が見ているのは、椎名真昼っていう一人の女の子だから」

文武両道容姿端麗の才媛であり、控えめで淑やかで周囲からの人望が厚い天使様ではなく、努力家で他人を拒んでいる癖に寂しがり屋で、警戒心が高いのに油断すると無防備極まりない、そんな普通で可愛い一人の女の子を、誰よりも愛おしく思っている。

天使様という存在としてではなく、その天使様という一部分もひっくるめて好きだ。周にとって、真昼の纏う天使様という外行きの装束に興味がある訳ではない。

きっぱり言い切った周に、周囲よりも強く突っかかってきた男子が愕然とした後に眉を吊り上げて口を開いた。

「あんまり彼をいじめないでくださいね」

開いた口から周に対する言葉が出る前に、静止がかかった。

助け船を出したのは、もう一人の渦中の人である真昼だった。

スポーツドリンクを買いに行ったので教室に入るのが遅れた真昼の手には、やや暑くなってきた気温のせいで汗をかいたスポーツドリンクのペットボトルがある。

周と視線が合えば、柔らかく微笑まれる。

「昼休憩なのにご飯が食べられなくて、周くんが困ってますよ？」

親しい人の間でしか使わなかった名前呼びをした、という事はもう真昼も隠すつもりもないという事だろう。

男女から視線を集めていても気にした様子のない真昼に痺れを切らしたらしい一人の男子……先程から周に強く詰め寄っていた男子が前に出て真昼に近付く。

彼が皆が聞きたい事を代弁しようとしているのを察した周囲が、彼に道を開けている。周への詰問も、今は止んでいた。

「椎名さん！ 藤宮が大切な人って」

「周くんは私の大切な人ですよ」

きっぱりと言い切った真昼は、相変わらずの微笑みを浮かべていた。

微塵も隙のない天使様の微笑を浮かべている真昼に一瞬たじろいだ男子だったが、周囲の視線の後押しもあったのか多少勢いは削げたが続ける。

「そ、それはその……好きな人、という意味で」

「仮にそうだとして、あなたは私に何を言いたいのですか？」

「い、いやそれはその……その、もし、好きなら……なんで藤宮なんかと」

「藤宮なんか？」

「い、いや、その、ぱっとしない藤宮と椎名さんが付き合ってるとか、違和感あるなーって。もっといいやつとか居るし」

「そうですか」

これ真昼の地雷踏んだな、と周は遠い目をした。

真昼は周が自身を卑下する事を嫌っている。彼女曰く不当な評価をされるのは嫌だ、という事。

それはつまり、他人に貶される事も嫌っている、という事なのだ。

周からすれば真昼から見えてる自分はともかく、素を見せない学校では大多数にパッとしない男と思われている事については否定しないし正当な評価だと思っている。

ただ、真昼がその評価を許容出来るのかといえば、別だ。

真昼が浮かべた笑みは変わらない。相変わらずの天使の笑みだ。

ただ、まとう雰囲気がやや硬質なものになっている。親しい人間が見て漸く分かる程度だが、カラメル色の瞳はほんのりと剣呑な光がちらついていた。

「いやあの」

「どこがぱっとしないのですか?」

「え、その」

「具体的にどこがぱっとしないのか述べてくれますか?」

「ふ、雰囲気とか、顔とか」

「あなたは好きな人を顔で選ぶのですか?」

「い、いやあの」

「容姿だけで好きになるのですか？　今後長い付き合いをするかもしれない相手を、あなたは顔で選ぶのですか？」

ここまで、真昼は天使の笑顔を浮かべている。それなのに妙な圧力を感じてしまうのは、真昼が微妙に怒っているからだろう。

離れた位置に居る周がその圧力を感じているのだから、対峙した当人はもっと感じている筈だ。

流石に、真昼が微笑みながらも怒っている事を察してきたのだろう。

背中しか見えないが、若干身が竦んでいるのが分かる。

「そ、それは……」

「そもそもの問題として、私がどのような理由で誰かを好きになろうと、他人に口を出される筋合いはないと思うのですが」

柔らかく笑みを形作る唇から紡がれる言葉は、その穏やかな声と口調に反して鋭さを持ったものだった。

周でなくても真昼がご立腹だという事に気付くくらいには、真昼は笑顔のまま怒っている。

「少しいじめすぎましたね。すみません」

相対する男子が絶句しているのを見て、真昼は漸く力を抜いたように困ったような柔らかい笑みを浮かべる。

基本的に温厚でいつでもにこにこしている真昼を怒らせた、という事実に、対峙している彼は若干ふらついていた。

「あなたの言葉を訂正させていただきますけど、周くんはかっこいいですし優しい人ですよ。物静かで温かい雰囲気も素敵だと思っています。それに彼はすごく紳士的ですし、私を尊重してくれる素敵な人です。私が苦しい時は側で支えてくれる、思いやり深い人です。少なくとも、誰かの悪口を言ったり人の恋路を邪魔するような人ではありません」

付け足された言葉はとどめだろう。

つまり、絶対に目の前で周を悪し様に言ったあなたは好きになりえない、と宣言されたのだ。

「まだ何か言いたい事ありますか？」

可愛らしい笑顔で小さくこてんと首を傾げて続きを促す真昼に、もう限界だったらしい男子は「い、イエナイデス」と消え入りそうな大きさの片言で首を振り、ふらふらと真昼の前から退いた。

真昼の視線が、隔てるものなしに周に向く。

衆目の中ほぼ告白のような事を言われて、どうこれから想いを伝えるべきかと頬を強張らせた周に、真昼は今日一番の笑顔を浮かべる。

それは天使様の笑みとは全く違う、家で見せるような喜びに満ちた甘い笑顔だった。

「一緒にご飯食べましょうね、周くん」

「……ああ」

もう、周に詰問するような男子は居なかった。

「とうとう言わせちゃったなあ」

「……それは申し訳ないと思ってる」

午後の部開始から数競技後にある騎馬戦に向けて集まっていた周達だったが、優太の呟きに周は眉を下げた。

テントから離れた位置に居るのは、囲まれて向けられる視線が煩わしいからだ。

今でも向けられてはいるが、近場で向けられるものはこれの比ではないのでまだマシだろう。

門脇の言葉は、本来は「周から行くべきだったのでは？」という意味合いが込められているので、反論のしようがない。

「なんとなくは分かってたけど、そんなに椎名さんと藤宮って仲良かったの？」

どうやら薄々周と真昼の関係に変化を感づいていたらしい誠が不思議そうにしている。

「んー、俺から見たらなんで付き合ってないのレベルだったよ？　むしろ椎名さんが今までよく我慢出来たなって思ってる」

「それ隠してきたんだね。まあ今日の昼の騒動見たら隠すのも頷けるよ」

やばかったもんね、と哀れみの視線を向けられる。

誠と一哉も同じ教室に居たのだが、流石にあんなに囲まれて詰問されていたら到底近寄る事は出来なかったらしい。

まだ親交を深めきっていない二人なら正しい判断なのだが、樹と優太は少しくらいこちらを助けてほしかったところだ。

「あれはすごかったな。見ていて女々しい男達だとは思ったが、椎名にバッサリ切られていたのでスッキリしたぞ」

「女々しいって言うかあいつらにとって衝撃的すぎただけだと思うけどな……」

「む、そうか？　しかし、男なら好きな女子に正面切って告白すればよいだろう。それもせず追い縋(すが)ってあまつさえ藤宮を悪し様に言うのは女々しいだろうに。リスクを冒さずに欲しがるだけ欲しがり、手に入らないと見れば駄々をこねるのはもはや女々しいというより子供の所業だがな」

「うぐっ」

「一哉、一部が藤宮に刺さってる」

男なら正面切って告白しろ、というのは今の周にかなり突き刺さるものだった。

「まあ、俺から見ても藤宮は焦れったいからなあ」

「あれは椎名さんからの意思表示だよね」

それくらい、分かっているのだ。

ここまでされれば、自分も相手も誤魔化す事など出来ない。間違いなく好意を向けてくれていると断言出来る。

ここまでさせておいて何もしないというのは男が廃るという事も分かっている。

真昼がまっすぐに好意をぶつけてくれたのだから、誠意を持って答えるべきという事も。答え自体はもうとっくの昔に出ているのだから、あとは伝え方の問題だった。

「ちゃんと、帰ってから言うつもりだよ。学校では言わない」

気持ちは伝えるが、学校で言うつもりはない。二人の時に伝えるべきだし、真昼の表情を自分だけのものにしたい。

最早公開告白に近いものになっているが、それでも想いを交わす時くらい、他の誰も居ない場所でしたかった。

腹を括った周に、一哉の満足げな笑みが向けられる。

「うむ、その調子だ。とりあえず騎馬戦で相手を蹴散らす事からだな」

間違いなくこっちを狙ってくるぞ、と何故か嬉しそうに笑っている一哉に苦笑する。

上に乗る側の誠はげんなりとした様子で「僕の負担大きくない？」とこぼしたが、本気で嫌がるというよりは仕方ないなといった声なので、少し安心した。

「藤宮も一哉を見習ったら？　ちゃんと色々蹴散らしてよ？」

「善処する」

真昼に伸ばされる手を全部振り払って、彼女を自分だけのものにするくらいの男気を持つべきなのだ。

(家に帰ってからちゃんと言おう)

そのためにも、この午後の部を無事に乗りきらねば——と意気込む周に、三人は顔を見合わせて笑った。


「ひどい目に遭った……」

風呂で砂埃を落とし身綺麗になった周は、運動後の独特の心地よい倦怠感に身を任せるようにソファに体を預けた。

騎馬戦は案の定敵チームの当たりが強かった。

まあ予想してはいたのだが、積極的にぶつかりにくるのでかなり門脇達に迷惑をかけてしまった。

ただ一哉は嬉々として「これも青春だな」と好戦的な笑みを浮かべていたので、恐らく一哉はこういった競技全般が好きなのだろう。

結局のところ、敵チームのあまりの攻勢に最後まで残る事は出来なかったのだが、上の誠が健闘してくれたお陰で思ったよりも相手チームの鉢巻きを奪えた。

活躍したのは誠だが、敵チームで眺めていた真昼が周を見て微笑んだのは見えた。

そうして午後の部も何とか終えて閉会式を迎え、行事のあと恒例の片付けを終えて今こうして家に居る。

今日は色々とありすぎて肉体的にも精神的にも疲弊していたのだが、今日はそれだけでは終わらない。

（……言わないと）

あれだけ真昼が勇気を出して周との仲を公にして、周と関わる事を選んだのだ。

その想いに応(こた)えずに先延ばしにするのは、男の風上にも置けないだろう。

（どう言うべきだろうか）

決意こそしているが、改めて告白となると、戸惑いと躊躇(ためら)いが生まれるのが周がへたれと言われるゆえんだろう。

周としては、生まれて初めて真剣に好きになって告白するのだから、当然悩む。

女性としてはやはりロマンチックな雰囲気でされた方が嬉しいのだろうか、とかどういう風に気持ちを伝えられたら嬉しいのだろうか、とか悩んでも答えはでなさそうなものばかりがぐるぐると頭を回るのだ。

ああでもないこうでもないと額を押さえながら考えていると――玄関の方から、解錠音がする。

びくりと体を揺らしたのは、その音が合鍵(あいかぎ)の持ち主であり周を悩ませる少女がこの家を訪れた事を示しているからだ。

これほど玄関からする物音に神経を尖らせるのは初めてだった。

扉が閉まり、施錠音がする。

ぱすぱすと空気を含んだような、スリッパで床を踏みしめる音がして……見慣れた亜麻色の髪の少女が、玄関に続く廊下から現れた。

「周くん」

薄紅の唇が柔らかくたわみ、柔和な表情を作り上げる。

学校での騒動の残滓すら感じさせないいつも通りの、いやいつもよりどこか甘い笑顔を浮かべた真昼に、心臓がじわじわと鼓動を速めていく。

周の動揺を知ってか知らずか、真昼は普段通りに周の隣に腰を落とす。

互いの距離は、拳一つ分すら入らない。

彼女が姿勢を正そうとすれば柔らかそうな髪が波打ち、これでもかとシャボンの香りを伝えてくる。

どうやら周同様汗を流すために先に入浴したらしい。よくよく見てみれば、滑らかな乳白色の肌もいつもより血色がよかった。

風呂上がりの真昼に余計に緊張して体を強張らせている周に、真昼は美しく微笑んだ。

「周くん、多分周くんは私に色々と言いたい、もしくは聞きたい事があると思いますが……先に一つ言わせてもらっていいですか?」

「お、おう?」

急になんだ、と身構えた周に、真昼は頭を下げた。

「逃げ道を塞(ふさ)いで周くんにとってあまり好ましくないような視線を集めてしまった事は、申し訳なく思ってます。本当にごめんなさい」

「え?」

「……その、こうなる事は分かってましたから」

顔を上げた真昼が気まずそうに告げた事に、真昼が何を気に病んでいたのかを理解する。

真昼は自分の影響力を知っているし、だからこそ今まで誰からも愛されるように振る舞いに気を付けていた。

その真昼が公衆の面前で周を大切な人と示したのだ。混乱するのは目に見えていたし、真昼も承知の上でやっている事を周も承知している。

「ま、まあそりゃ真昼も分かってやってるって事は俺も理解してたから」

「怒らないのですか」

「それはないけど」

「そうですか、よかった」

むしろ周としては、真昼が覚悟の上でしたからこそ決心がついたし、彼女の本気度を知れたので嫌だとは一つも思っていない。

それに、周も真昼に手を伸ばす覚悟が出来た。

一度深呼吸をして、真昼の瞳を見つめる。

いつも以上に瞳は澄んで静かなもので、息を呑んでしまいそうなくらいに穏やかなものだった。

「俺も、謝っていいか？」

「何を？」

「……臆病で、ごめん」

気持ちを伝えるよりも先に、伝えるべき言葉があった。

「分かっていて、踏み込むのが怖くて、目を逸らして、真昼の気持ちに気付かない振りを、見ない振りをしていて、ごめん」

薄々感づいていて、でも目を逸らしてきた、真昼からの好意。

自分が情けないから好かれないのでは、とかこんなだから好きになるなんてありえない、とか、そういう言い訳を積み重ねて、周はここまで来てしまった。

もう、逃げるつもりはない。

きちんと真昼の気持ちと自分の気持ちに向き合うべきだし、何の飾りもないありのままの想いを、伝えたかった。

今度は目を逸らさないように、真っ直ぐに見つめると——真昼は、小さく笑った。

「それは、お互い様では？　私も、同じようなものですよ。……私だって、周くんがどう想っているか、確信がないとこんな風に踏み出せなかったのですから」

そっと、周に手を伸ばした真昼は、淡い微笑みのまま周の手に触れた。

「だから言ったでしょう？　私はずるいんだって」

「……どうだか。俺の方がずるい」

真昼のずるなんて可愛いものだ、と苦笑した周は、真昼の包み込むような掌から逃れて、代わりに真昼の体を包み込むようにそっと抱き寄せた。

急な事で腕の中で華奢な体が強張って、それから周に抱き締められていると理解したのか真昼からふっと力が抜けた。

前触れもなく引っ張ったからか周の脚の上に乗っている真昼は、胸にもたれながら周を見上げる。

カラメル色の瞳には、驚きと困惑と、それから期待の色が、窺えた。

「……俺から、言わせてくれるか？」

小さく囁くと、ほんのりと頬を赤らめた真昼は頷(うなず)いて、少しだけ甘えるように周の胸にもたれた。

「あのさ。俺、人を真剣に好きになるって、初めてなんだよ。というか、ないと思ってたんだ。……無理だって思ってた」

「……昔の事のせいですか」

「ああ、そうだな」

真昼を離さないように抱き締めながら、小さく頷く。

周がここまで好きだと言うのを躊躇い、そして好いてもらっていると認識するのを心のどこかで拒んでいたのは、中学時代の出来事が尾を引いていたせいでもある。

自信が持てないから、誰かに好意を示すのが怖かった。もし拒まれた時の事を考えたら、何にも執着しない方がいいと思っていた。

それが変わったのは、真昼と出会ってからだろう。

「だから、人を心から好きになるなんてないって思ってたんだよな。……あっさり覆されるとは思ってなかったけど」

改めて、腕の中の真昼を見つめる。

視界に捉えるだけで胸がじわりと温かくなって面映ゆい気持ちと愛しいという気持ちで満たされるのは、真昼が初めてで恐らく最後になる。

それだけ、周は真昼に焦がれていた。

「心から好きな人に出会うと、人は変わるんだなって」

真昼と出会って、周は変われた。

真昼のお陰で、心の淀みから抜け出すように足を踏み出せたし、自分を少しずつでも認める事が出来るようになった。

人を好きになるという感情も、好きになってほしいという欲求も生まれた。自分の手で包み込んで大切に愛していきたいという気持ちを、知った。

「……最初はさ、真昼の事、可愛げないって思ってた」

「知ってます。面と向かって言われましたからね」

「その節はすまなかったよ、ほんと」

あの時はお互いに相手の事をあまりよく思っていなかった時期なので、可愛げがないなんて失礼な事を口にしていた。恐らく、真昼の方も周の事を無愛想で自堕落な駄目男だと思っていただろう。

「……出会った時はさ、素直じゃないし、冷たいし、可愛げなかったし、互いに利害関係でいいって思ってた。……それがいつの間にか、物足りないって思うようになった」

最初の頃こそ、無駄に関わりたくないと思っていたのだ。

それが変わったのは、いつだったろうか。

「もっと知りたいと思うようになった。触れたいと思うようになった。大切にしたいと心の底から思うようになった。欲しいって、思った。初めてだったんだ、こんなの」

「……はい」

「ずっと、我慢してた。俺なんかって。でも……お前がいいって言ってくれて、諦めるだけじゃなくてどうやったらお前と釣り合えるようになるかって悩んだよ。まあ、俺が何かする前に、真昼が踏み出したんだけど」

「ふふ。……私だって我慢してました。周くんはカッコいいから、他の人に取られたらどうしようって思ってましたし、私の事を好きになってくれるかなってひやひやしてました」

「そんな物好きはお前くらいだよ」

「む。またそう言う……」

また卑下する、と不満げな真昼だったが、周の浮かべる表情にぱちりと瞬きを繰り返す。

今の周は、真昼がいつも駄目出しする情けない顔ではなく、覚悟を決めて真剣な眼差しと表情だった。

「……だから、これからは……その物好きが物好きでなくなるように頑張るよ」

「え?」

「真昼が人から物好きって言われなくなるように、がんばっていい男になるよ。真昼に見劣りしない……とまでは行かなくても、胸を張れるくらいに」

誰にも文句を言わせないくらいに、真昼の隣に胸を張って立てるように、立派な男になろうと思っている。

真昼のためだけでなく、自分のためにも。自分に自信を持つためにも。

そのはじめの一歩は、この言葉から始めるべきだろう。

「真昼の事が、誰よりも好きだよ。……俺と、付き合ってくれるか？」

透き通るようなカラメル色の瞳を見つめてゆっくりと囁くと、澄んだ瞳が膜を張ったように湿って、しかし雫（しずく）はこぼれ落ちる事はなく、ただ周を映している。

その瞳を隠すように閉じて、真昼は周に微笑んだ。

「……うん」

他に誰が居ても周にしか聞こえないような小さく弾んだ、それでいて震えた声音（こわね）で了承の意を伝えた真昼は、周の胸に改めて顔を埋めた。

ぎゅっと背中に回る手は、力強く周を留めて離さない。

もう逃がしてあげないと言われているようで何だか面映ゆさを感じつつ、周も真昼の小さな背中にしっかりと手を回した。

（――絶対に、離さない）

大切にしたい。幸せにしたい。愛したい。

真昼と心を通わせて初めて感じたのは、そういった気持ちだった。

「真昼を幸せにしたい」

「確約ではないので？」

ゆっくりと顔を上げた真昼が悪戯っぽく問いかけるので、周は笑って真昼の耳元に唇を寄せる。

「これは俺の願望。俺が俺の手で幸せにしたいって願いだから。決意で言うなら……大切にするし幸せにするよ、絶対に」

「……うん」

たっぷりと熱を込めた誓いの言葉に、真昼は熱に溶かされたような甘い笑顔で頷いた。

あとがき

終わってないからね!?

と言う訳で本書を手に取っていただきありがとうございます。作者の佐伯（さえき）と申します。

四巻を最後までお読みいただきありがとうございました。とりあえず言いたい事は終わってないです（二度目）。

四巻では真昼（まひる）さんが押せ押せになりつつ周（あまね）くんも腹を括（くく）ってようやく、ようやく結ばれる事になりました。ぶっちゃけまだ結ばれなくてもおかしくなかった辺り本当に彼らは奥手なんだなと改めて思います。

本当に時間がかかって結ばれた二人ですが、これからまだまだじれじれもだもだしつつゆっくりと距離を詰めていく予定です。周くんのへたれがすぐになくなる訳がないでしょう（ゲス顔）。

五巻からは付き合い出した後のお話になっていきます。まだ予定しているお話の半分も進んでいないので、これからもお話は続いていきます。出来れば真昼さんがウエディングドレス着ているイラストが見たいのでそこまではいきたいですね！

今回もはねこと先生の素敵イラストが爆発していました。カバーも口絵も何もかも可愛い……

髪を結っている真昼さんの家庭的な感じにふんわりと香る色っぽさがなんとも言えません。毎日この真昼さんが家に居るってどんな贅沢だ周くんよ。

今回は口絵に周くんが沢山いたのが実は嬉しいです。体格差いいぞ。はねこと先生の描く周くんカッコいいからお前どこが自信持てないんだよ……と作者が頭抱えました。周くんかっこよくないですか？

次の巻から健全にいちゃつく二人が見られそうで楽しみです。


それでは最後になりますが、お世話になった皆様に謝辞を。

この作品を出版するにあたりご尽力いただきました担当編集様、ＧＡ文庫編集部の皆様、営業部の皆様、校正様、はねこと先生、印刷所の皆様、そして本書を手にとっていただいた皆様、誠にありがとうございます。

次の巻でまた出会える事をお祈りしつつ筆を置かせていただきます。

最後までお読みいただきありがとうございました！

ファンレター、作品の
ご感想をお待ちしています

〈あて先〉

〒105－0001
東京都港区虎ノ門2－2－1
ＳＢクリエイティブ（株）
ＧＡ文庫編集部 気付

「佐伯さん先生」係
「はねこと先生」係

本書に関するご意見・ご感想は
右の QR コードよりお寄せください。

※アクセスの際や登録時に発生する通信費等はご負担ください。

https://ga.sbcr.jp/

お隣の天使様に
いつの間にか駄目人間にされていた件 4

発　行　　2021年3月31日　初版第一刷発行
　　　　　2024年3月12日　第二十一刷発行

著　者　　佐伯さん

発行者　　小川　淳

発行所　　SBクリエイティブ株式会社
〒105−0001
東京都港区虎ノ門2−2−1

装　丁　　AFTERGLOW

印刷・製本　中央精版印刷株式会社

ISBN978-4-8156-0827-9
Printed in Japan　　GA文庫

試読版は
こちら!